文學研究叢書‧古典文學叢刊

典型在夙昔
——經世濟民情懷書寫

林宜陵　著

目次

緒論

　　在研讀史書與文集之時，往往為文人護國衛民的深刻情懷所感動，筆者近二十年著眼於唐宋金元古典文學與史學中之政治策論與韻文研究，探討文學中，「上以風化下，下以風諫上」的政治功用。本論文就筆者近十年寫作相關內容，回顧深入探討其共同點，在於文人藉由書寫抒發情感療癒自我、影響君王向善、將屬於國家的典範與文化思想流傳與傳承至後世。這些文人的功績皆不亞於征戰沙場保國衛民的將軍與士兵。

　　《典型在夙昔——經世濟民情懷書寫》第一章論述了李白在〈古蜀道難〉、〈月下對影獨酌〉中，對於文人報效國家自我期許的對話與志向、唐代宗時佛經護國，以及朝廷運用宗教教化力量影響文人，最終影響社會風氣安定民生的政治功用，深有感悟。此文可以得見李白對月吟詠，「獨酌月下」的深刻自我期許，期望報效國家的自我立命，李白最終仍是加入永王璘的陣營之中、期望平定當時的亂局，由文學表現及實際作為中都可以見其為生民立命的精神價值與顯赫功用。

　　第二章「唐代宗佛經護國經世價值——「出世」與「入仕」的詩情轉化」一文中，可以瞭解佛教經典的經世濟民價值，君王運用編輯佛教經典安定民心，尋求教化外夷與百姓，達到朝廷度過危難的政治目的，最後這樣的文風影響了當代的文人追求一種心靈宗教的安定。

　　第三章「蘇軾對陶淵明「影」的轉化──以烏臺詩案發生前詩作為例」從宋代出發，探討蘇軾在經歷烏臺詩案前對陶淵明「影」的詮釋，瞭解詩人深刻的自我期許與要求。文中表現出蘇軾會通「形」、「影」、「神」之意後，轉化成為追求自我期許的生命歷程，期望為生民立命而做。

　　蘇軾烏臺詩案以前詩歌中，已可明顯看出與李白〈月下獨酌〉詩歌相同，會通陶淵明詩歌中的「影」字，轉化陶淵明詩歌中屬於儒家思想「立功」的自我期許精神，蘇軾除了藉由詩歌表達出一生為「影」自我期許，也反映了儒家經世濟民努力的中心精神。

　　第四章「蘇軾宋神宗元豐元年的節慶感懷」探討蘇軾面臨朝廷因變法造成的危難，在佳節時刻仍然不忘國事及憂心百姓。第五章「君已思歸夢巴峽──蘇軾黃州時期詩詞中對於蜀地的思鄉情懷」表達出縱然被貶謫黃州，思念家鄉深切，卻仍念念不忘儒士經世濟民情懷初衷。

　　蘇軾在宋神宗元豐元年節慶之時深感風雨欲來之勢，表現出文人深刻的憂國憂民情懷。及被貶黃州時期詩詞中更顯現出對於蜀地的思鄉情懷，以觀察文人為了國家人民雖思念家鄉，仍舊堅毅不撓的忠義情懷。

　　在第六章「鄭俠《流民圖》事件與相關詩歌探微」中探討了筆者《北宋詩歌論政研究》一書中持續關注的天人感應問題，天災與政治作為的關聯性，在於天災發生時如果政府當局可以虛心接受，聽聞民生疾苦，採取緊急應變方案，就可以降低受害程度到最低。《流民圖》事件得以看出鄭俠不顧生命危險，用盡心力獻上流民圖護國衛民的精神。鄭俠忠於百姓與國家，盡一己之力

將黎民百姓流離受苦的景象畫成圖，以不合法統的方式進諫給君王，讓君王得以關心此事，正視問題所在。

第七章「以「詩」為鏡鑑「人」與「史」——李若水忠愍詩情之更迭轉化探論」一文中演繹出李若水平凡一生中，不平凡的遭遇，及在大局勢已定下，無論如何力挽狂瀾，不得不做的抉擇與從容就義的烈士情懷與使命感。見到一位忠臣不顧一切深入敵營至死護為國君的尊嚴。

最終以朱弁及宇文虛中詩詞比較，作為全篇的終點。如第八章「使金文人從自責、羈留、到思鄉的忠義情感表現——宇文虛中與朱弁詩詞作品為例」，敘述朱弁出身陷敵營之中，士大夫如何運用自己微薄的力量，堅持自己的信念，延續文化的傳承；宇文虛中是如何將中原文化及文學帶入北方，致力阻止金國南侵，為南方減少不必要的傷害，此文中一一探討。不論是宇文虛中還是朱弁，他們都面臨北宋變故，卻分別用二種不同的方式傳承國朝的文化與史事，顯示出士大夫進一步以文章典籍經世濟民的模式與方法，正呈現了「典型在夙昔」，為國憂國憂民的書寫。

第一章
敦煌李白〈古蜀道難〉、〈月下對影獨酌〉詩歌探微[1]

一　前言

　　敦煌出土文獻是人類文學與史學上的重要大事，對於中國文學、史學、文獻學、宗教學、民俗文學都帶來許多震動人心的真相。本文就敦煌出土文獻李白詩四十三首中，具有特殊意義的二首加以探討，分就〈古蜀道難〉、〈月下對影獨酌〉二首的文獻，加以說明其對於詩歌所具有的重要意義。

　　敦煌所存〈古蜀道難〉別具意義，其中所存文字與宋代以後流傳版本，有著很大的差異，所代表的意義可能是傳抄錯誤，更可能的是李白〈古蜀道難〉成詩之後，根據李白本人同時期不同的境遇而一再修改，適足以反映出李白不同時期的心境寫照。

　　敦煌所存〈月下對影獨酌〉一詩，詩題雖只多出「對影」二字，卻使整首作品更具意義，多出「對影」二字，更可以確切瞭解此詩的意旨，與陶淵明〈形影神〉詩中，「形」、「影」、「神」之意是相通的。

　　本文就敦煌所存〈古蜀道難〉、〈月下對影獨酌〉二詩與宋代

1　本章論文發表於《敦煌文化與唐代國際學術研討會論文集》（北京市：民族出版社，2014年10月），頁274-285。

流傳至今所編《全唐詩》版本中主要差異，說明其足以代表的深意。

二 〈古蜀道難〉

敦煌出土文獻可以佐證關於李白遇賀知章而有獻詩一說，當時李白所獻為〈蜀道難〉一詩，因此有了「金龜換酒」及「天上謫仙人」之美談。黃永武先生認為，敦煌文獻出土之李白詩也更確實證明許多傳說，如諷刺明皇幸蜀或杜甫在蜀地一說為錯誤。

本文提出另一個思考觀點，就史料所推，此作在李白手中應當已經有不同版本，李白的〈古蜀道難〉應當一再經過自己修改與潤飾，主要有三個版本：

（一）敦煌版本〈古蜀道難〉為最早版本

敦煌出土的〈古蜀道難〉應當是作於李白三十二歲（西元732年），玄宗開元二十年。春，李白由坊州回長安終南山。在長安與鬥雞徒衝突。五月，離長安，由黃河東下至梁苑。回安陸。此係未出仕為官之前的版本，所寫蓋為古代蜀國的史詩。

（二）遇賀知章所獻〈蜀道難〉版本

天寶初年，李白結識賀知章，因「金龜換酒」典故而被稱為天上謫仙人，其時賀知章為秘書監。玄宗天寶元年，李白四十二歲（西元742年）之時，該年四月，李白遊泰山。攜子女南下，寄居南陵。秋，奉詔入京，召見於金鑾殿，命待詔翰林。侍從遊溫泉宮。

　　此時與賀知章相遇時所獻之作為十二年前作品[2]，所以遇到賀
知章時所提交之作應當有所修改，詩題或已變更為〈蜀道難〉，
以表達自己一心向上經世濟民的進仕困難。

（三）唐玄宗幸蜀後之〈蜀道難〉版本

　　及至唐玄宗流亡至蜀地後，又修改為宋本所傳之〈蜀道
難〉，其中加入了最新史事，因此流傳後世的多為唐玄宗流亡至
蜀地，加入「錦城雖云樂。不如早還家」後的〈蜀道難〉。此版
本所載史事為唐玄宗天寶十五年（西元756年），肅宗至德一年安
祿山謀反，玄宗幸蜀，於馬嵬，六軍不發，誅楊國忠及楊貴妃，
太子即位靈武。當時李白五十六歲，隱居廬山屏風疊。永王璘水
軍至潯陽，三次遣使聘請。赴永王璘幕。

　　因此敦煌版的〈古蜀道難〉與宋本的〈蜀道難〉才會有如此
多的差異，與如此不同的傳說。

【敦煌文獻】

〈古蜀道難〉

噫呼戲危乎高哉！蜀道之難難於上青天！蠶叢及魚鳧，開
國何茫然。爾來四萬八千歲，乃不與秦塞通人煙。西當太
白有鳥道，可以橫絕峨眉巔。地崩山催壯士死，然後天梯
石棧方鉤連。上有橫河斷海之浮雲，下有衝波逆折之回

2　李白有〈對酒憶賀監二首并序其一〉：「太子賓客賀公，於長安紫極宮一見余，
　　呼余為謫仙人，因解金龜，換酒為樂。沒後對酒，悵然有懷，而作是詩。」
　　（三民版，頁1308）「四明有狂客，風流賀季真。長安一相見，呼我謫仙人。
　　昔好杯中物，翻為松下塵。金龜換酒處，卻憶淚沾巾。」

川。黃鶴之之飛尚不得過，猿猱欲度愁攀牽。青泥何盤盤，百步九折縈巖巒。捫參歷井仰脅息，以手撫心坐長歎。問君西遊何時還，畏途巉巖不可攀。但見悲鳥號古木，雄飛從雌繞林間。又聞子規啼夜月，愁空山！蜀道之難難於上青天，使人聽此凋朱顏！連峰入煙幾千尺，枯松倒掛倚絕壁，飛湍瀑流爭喧豗，砯崖轉石萬壑雷。其嶮若此，嗟爾遠道之人胡為乎來哉。劍閣崢嶸而崔嵬，一夫當關。萬夫莫開，所守或匪親。化為狼與豺，朝避猛虎，夕避長蛇。磨牙吮血，殺人如麻，蜀道之難難於上青天，側身西望令人嗟。[3]

今本《全唐詩》[4]：

〈蜀道難〉

噫吁戲，危乎高哉，蜀道之難，難於上青天。蠶叢及魚鳧，開國何茫然。爾來四萬八千歲，不與秦塞通人煙。西當太白有鳥道，可以橫絕峨眉巔。地崩山催壯士死，然後天梯石棧相（一作方）鉤連。上有六龍回日之高標（一作橫河斷海之浮雲），下有衝波逆折之回川。黃鶴之飛尚不得過，猿猱欲度愁攀援（一作緣）。青泥何盤盤，百步九折縈巖巒。捫參歷井仰脅息，以手撫膺坐長歎。問君（征人）西遊何時（當）還，畏途巉巖不可攀。但見悲鳥號古

3　黃永武先生：《敦煌的唐詩》（臺北市：洪範書店，1987年5月），頁53-58。

4　王全等編：《全唐詩》（北京市：中華書局，1960年4月），卷162，頁1681。

（一作枯）木，雄飛雌從（一作呼雌，一作從雌）繞林間。又聞子規啼夜月，愁空山。蜀道之難難於上青天，使人聽此凋朱顏。連峰去天不盈尺（一作入煙幾千尺），枯松倒掛倚絕壁，飛湍瀑流爭喧豗，砯崖轉石萬壑雷。其險也如（一作若）此，嗟爾遠道之人胡為乎來哉。劍閣崢嶸而崔嵬，一夫當關。萬夫（一作人）莫開，所守或匪親（一作人）。化為狼與豺，朝避猛虎，夕避長蛇。磨牙吮血，殺人如麻，錦城雖云樂，不如早還家。蜀道之難難於上青天，側身西望長咨（一作令人）嗟。

（四）敦煌文獻與今本的差異

1　敦煌文獻題目加一「古」字

由詩題所加的「古」字可以發現，敦煌本與詩歌敘述古代蜀國歷史的內容更切合，可以看出，敦煌版的〈古蜀道難〉創作主旨並非「諷刺明皇幸蜀」，是一部詠史感懷作品，應當作於李白創作的第一時期。

筆者以為此處版本與寓意差別，「古」字本是詠史，「去古」後才更「諷今」之意。

2　今本「噫吁戲」，敦煌文獻為「噫呼戲」

黃永武先生評論認為自語音學角度探討，「呼」更能表現驚嘆之意。蜀地人的地方用語是「噫嘻戲」雖則「噫吁戲」較近於蜀國語音。敦煌本較宋本早，所以為李白最先創作版本，在第二次第三次修改時，應當已變更為蜀人語音。

3 今本「不與秦塞通人煙」，敦煌文獻多「乃」字

黃永武先生評論多「乃」字增加地域崎嶇之感。筆者更覺此處增加「乃」字更有寫史的因果關係，所以敦煌版本是以詠史為主。而後去除「乃」字，則更有直指不通秦地，求官之路閉塞難通之意。

4 今本「上有六龍回日之高標」，敦煌文獻為「上有橫河斷海之浮雲」字

黃永武先生評論宋本也有「上有橫河斷海之浮雲」版本，當以敦煌本未用典為正確版本。因為「上有六龍回日之高標，下有衝波逆折之回川」有失輕重，用典故也非李白一向所為。

以筆者所推，李白此詩用蜀國史書典故本多，幾乎句句用典，這應當是李白三個版本創作中第三個版本，應當在明皇幸蜀後，「六龍回日」是李白有感而發所改，因為蜀犬吠日，唐玄宗即便到達蜀地亦不能撥去浮雲，平定天下。

5 敦煌本「雄飛從雌繞林間」，宋本「從雌」改為「雌從」

「雄飛從雌」為李白最早創作之自然界所見蜀地風景，一般市雄鳥追隨雌鳥。宋本「雄飛雌從」是安祿山之亂後第三個版本，加入楊貴妃跟從唐玄宗二人奔亡之意。

6 敦煌本沒有宋本的「錦城雖云樂，不如早還家」

更可見敦煌本是李白最初創作此詩時版本。在第三個版本唐玄宗奔蜀後，才有「錦城雖云樂，不如早還家」之語，寫的是蜀地雖好，不如早日歸去京城。

三　〈月下對影獨酌〉

敦煌出土文獻雖然詩題只增加了「對影」二字，但是對於解讀李白留傳千古為世人所頌傳的〈月下獨酌〉一詩，更可以深入理解詩歌的意旨，證實與陶淵明〈形影神〉釋中，「形」、「影」、「神」之意中的「影」字是會通的。

【敦煌文獻】

〈月下對影獨酌〉

花間一壺酒，獨酌無相親。舉杯邀明月，對影成三人。
月既不解飲，影徒隨我身。暫伴月將影，為樂須及春。
我歌月徘佪，我舞影凌亂。醒時同交歡，醉後各分散。
永結無情遊，相期邈雲漢。天若不飲酒，酒星不在天。
地若不愛酒，地應無酒泉。天地既愛酒，愛酒不愧天。
已聞清比聖，復道濁如賢。賢聖既已飲，何必求神仙。
三盃通大道，一斗合自然。但得酒中趣，勿為醒者傳。[5]

今本《全唐詩》所記題為「月下獨酌四首」：

其一
花間（一作下，一作前）一壺酒，獨酌無相親。舉杯邀明月，對影成三人。

5　黃永武著：《敦煌的唐詩》（臺北市：洪範書店，1987年5月），頁29。

月既不解飲，影徒隨我身。暫伴月將影，行樂須及春。

我歌月裴回，我舞影零亂。醒時同交歡，醉後各分散。

永結無情遊，相期邈雲漢（一作碧巖畔）。[6]

「花間一壺酒」，中的「花」指的是京城中的「士子」，《楚辭》以蘭比君子後，「花」在詩中的意義就可以多樣化，在眾人之中「獨酌無相親」的原因，正是因為沒有人可以瞭解李白立功、立名的自我期許。

「舉杯邀明月，對影成三人。」二句可見李白真正在意的是「國君」的不瞭解，「月」在李白詩中所代表的君王意義，顯而可見的有〈靜夜思〉：「牀前看月光，疑是地上霜。舉頭望山月，低頭思故鄉」[7]，正是仰望君王，卻不得君王理解，與君王的理念相隔遙遠，無法完成自我立功期許之時，興起不如歸去之感。「舉杯邀明月，對影成三人。」二句表達出「國君的理念」、「自我的期許」與「現實中的自己」三者的背道而馳。「月既不解飲，影徒隨我身。」二句寫出「國君」不瞭解「現實中的李白」為何飲酒買醉，「現實中的李白」又無法忘記「對自我的期許」。只有在醉後才能「暫伴月將影」，忘記一切的矛盾與辛苦，及時行樂，忘記苦痛。「醒時同交歡」之時卻是「我歌月徘徊，我舞影零亂。」相互影響與調適難以契合之時。

然而「國君的理念」、「自我的期許」與「現實中的自己」相契合之時，應當是「永結無情遊，相期邈雲漢」遙不可及之時。

6　王全等編：《全唐詩》，卷182，頁1853。

7　王全等編：《全唐詩》，卷182，頁1709。

其二

天若不愛酒，酒星不在天。地若不愛酒，地應無酒泉。
天地既愛酒，愛酒不愧天。已聞清比聖，復道濁如賢。
賢聖既已飲，何必求神仙。三杯通大道，一斗合自然。
但得酒中趣，勿為醒者傳。[8]

由杜甫〈飲中八仙歌〉[9]中的形容可知，李白是「好飲」聞名，
詩中所言即是李白說明「好飲」愛酒之因。因為古來賢聖都以飲
酒忘卻無法達成「自我期許」的痛苦，既然飲酒可以使這樣的苦
痛排除，那追求「形體」的長生不老，期望有朝一日達成立功夢
想就不是必要的了。

　　只要「三盃通大道，一斗合自然。」，醉後就可以排除「影」
的追隨，得到「神」追求自然精神的自由。「勿為醒者傳」所感
傷的是最終醒後發現仍然無法「立功」、「立名」留傳青史。

其三

三月咸陽城（一作時），千花晝如錦。（一作好鳥吟清風，
落花散如錦，一作園鳥語成歌，庭花笑如錦）誰能春獨
愁，對此徑須飲。

8　王全等編：《全唐詩》，卷182，頁1853。

9　杜甫〈飲中八仙歌〉：「知章騎馬似乘船，眼花落井水底眠。汝陽三斗始朝天，
道逢麴車口流涎，恨不移封向酒泉。左相日興費萬錢，飲如長鯨吸百川，銜
杯樂聖稱避賢。宗之瀟灑美少年，舉觴白眼望青天，皎如玉樹臨風前。蘇晉
長齋繡佛前，醉中往往愛逃禪。李白一斗詩百篇，長安市上酒家眠。天子呼
來不上船，自稱臣是酒中仙。張旭三杯草聖傳，脫帽露頂王公前，揮毫落紙
如雲煙。焦遂五斗方卓然，高談雄辨驚四筵。」（唐）杜甫著、楊倫編輯：
《杜詩鏡銓》（臺北市：華正書局，1989年8月），頁16。

窮通與修短，造化夙所稟。一樽齊死生，萬事固難審。

醉後失天地，兀然就孤枕。不知有吾身，此樂最為甚。[10]

「三月咸陽城，千花晝如錦」，在繁華的京城之中，文武百官之中，沒有人可以理解李白「自我期許」無法達成的痛苦，所以李白只能獨酌。

　　李白思考老莊「齊死生」的思想，感悟出既然「形」不可永存，「影」又無法達成，只有「醉後」，放棄「形」與「影」不知有吾身，才能得到精神自由。

　　其四

　　窮愁千萬端（一作有千端），美酒三百杯（一作唯數杯）。

　　愁多酒雖少，酒傾愁不來。所以知酒聖，酒酣心自開。

　　辭粟臥首陽（一作伯夷），屢空飢顏回。當代不樂飲，虛名安用哉。

　　蟹螯即金液，糟丘是蓬萊。且須飲美酒，乘月醉高臺。[11]

詩中所說的「窮愁」也是指「自我期許」無法達成的愁，唯有飲酒可以忘記「影」的追求，縱使「伯牙」、「叔齊」、「顏淵」完成「影」的追求留名青史，卻無法得到國君「月」的任用，不如醉後暫時忘記「影」的「自我期許」，「乘月醉高臺」順應國君的期望，位居高臺之上。

---

10 王全等編：《全唐詩》，卷182，頁1853。

11 王全等編：《全唐詩》，卷182，頁1853。

　　陶淵明與當時盧山高僧慧遠〈形影神不滅論〉和〈萬佛影銘〉相對應，在跳脫佛道宗教色彩，以自然哲學與人生哲學討論「形」、「影」、「神」三者之間的關係作〈形影神〉一詩。詩中所詮釋的「形」、「影」與「神」分別代表「身體的長壽」、「自我的期許」與「精神的自由」，成為後代詩人詩歌創作中「形」、「影」、「神」三字的意旨。正如所有懷才之士，希望得到君王的認同，完成自我生命的使命，達到自我期許功成與名就的「立功」，晉代的陶淵明與唐朝的李白都曾經用心學問，致力於貢獻所學於社會，正是對自我期許「影」的追求。

　　陶淵明〈形影神〉序言：「貴賤賢愚，莫不營營以惜生，斯甚惑焉！故極陳『形』、『影』之苦，言『神』辯自然以釋之，好事君子，共取其心焉。」[12]序言中明言：「形」、「影」是苦的，只有體悟出追求精神自然的「神」才能解除侷限於有限形體的「形」與自我期許「影」所帶來的無邊痛苦。

　　在〈形贈影〉[13]詩中記載「形」對「影」說明「形」的痛苦正因為人的形體生命無法像天地、山川般長久，將如同草木有枯萎死亡之時，陶淵明在周圍的親友一一逝去之時，說明了壽命的有限。

　　在〈影答形〉[14]詩中引用《莊子》中所言：「世之人以為養

12　（晉）陶潛著、龔斌校箋：《陶淵明集校箋》（上海市：上海古籍出版社，2009年4月），頁59。

13　〈形贈影〉：「天地長不沒，山川無改時。草木得常理，霜露榮悴之。謂人最靈智，獨復不如茲。適見在世中，奄去靡歸期。奚覺無一人，親識豈相思。但餘平生物，舉目情淒洏。我無騰化術，必爾不復疑。願君取吾言，得酒莫苟辭。」《陶淵明集校箋》，頁59。

14　〈影答形〉：「存生不可言，衛生每苦拙。誠願遊崑華，邈然茲道絕。與子相

形足以存生；而養形果不足以存生，則世奚足為哉。」[15]感歎
「存生」、「衛生」皆不易，不論如何努力「養形」，都難以達到
長生不死，所以世人追求「影」，即是「名」。[16]

〈神釋〉[17]一詩所言為「神」與「形」、「影」雖生而異物，
卻共生共存，對有限壽命的「形」而言，是不可能長存不滅的，
長壽如「彭祖」也是不得永生；既然都會死亡，「賢愚」、「立
善」的自我期許，「影」也是沒有必要在乎的，所以順著自然的
變化，讓精神自由，才是真正應該有的思維。

以陶淵明〈形影神〉詩中「形」、「影」與「神」分別代表
「身體的長壽」、「自我期許的立功」與「精神的自由」，詮釋李
白詩中所指之「影」以「自我期許的立功」。李白在〈月下獨
酌〉四首中更將「影」與「國君」、「現實中的自己」對立成矛盾
的三人。

遇來，未嘗異悲悅。憩蔭若暫乖，止日終不別。此同既難常，黯爾俱時滅。
身沒名亦盡，念之五情熱。立善有遺愛，胡為不自竭。酒云能消憂，方此詎
不劣。」《陶淵明集校箋》，頁59。

15 錢穆著：《莊子纂箋》（臺北市：東大圖書公司，2004年5月），頁147。

16 陳寅恪〈陶淵明之思想與清談之關係〉中也說：「此託為主張名教者之言，
蓋長生既不可得，則惟有立名即立善可以不朽，所以期精神上之長生，此正
周、孔名教之義，與道家自然之旨迴殊，何曾、樂廣所以深惡及非笑阮籍、
王澄、胡母輔之輩也」《陳寅恪先生論文集》（臺北市：九思出版社，1977年
6月，下冊）〈陶淵明之思想與清談之關係〉，頁1030。也認為「影」所指為
儒教中「立功」、「立名」之意，也就是陶淵明與李白的「自我期許」，期許
為「當朝所用」以立名。

17 〈神釋〉：「大鈞無私力，萬理自森著。人為三才中，豈不以我故。與君雖異
物，生而相依附。結託善惡同，安得不相語。三皇大聖人，今復在何處。彭
祖愛永年，欲留不得住。老少同一死，賢愚無復數。日醉或能忘，將非促齡
具。立善常所欣，誰當為汝譽。甚念傷吾生，正宜委運去。縱浪大化中，不
喜亦不懼。應盡便須盡，無復獨多慮。」《陶淵明集校箋》，頁59。

　　今日李白〈月下獨酌〉四首，被認為是玄宗天寶三年，李白四十四歲（西元744年），賀知章請度為道士還鄉，李白被讒後縱酒解愁。三月，上書請還山，玄宗賜金遣之，玄宗賜金放歸時所作。

　　由敦煌版本李白〈月下對影獨酌〉一詩的出土，可以知道四首〈月下獨酌〉，後二首與前二首應當不是李白同一時間的作品，是日後詩集編輯者，以其共同具有「月下」、「獨酌」詩題的作品編輯而成。李白的另一首作品〈獨酌〉詩，卻因為詩題沒有「月下」二字詩題，不被編為同一組詩[18]。

四　小結

　　由本文所論證，可以推知李白今傳〈蜀道難〉之作，在唐代應當已有不同版本，主要應當有三個版本。一個版本是〈古蜀道難〉版本即今日出土的敦煌文獻版本，應當作於李白三十二歲之時，未出仕為官之前的版本，此作以詠蜀地與蜀史為主旨，以顯現自己的才華。

---

18 李白〈獨酌〉：「春草如有意，羅生玉堂陰。東風吹愁來，白髮坐相侵。獨酌勸孤影，閑歌面芳林。長松爾何知，蕭瑟為誰吟。手舞石上月，膝橫花間琴。過此一壺外，悠悠非我心。」（《全唐詩》，頁1855）年復一年時光流逝之時；只能「獨酌勸孤影，閑歌面芳林」自己勸慰自己孤獨無人正視的「影」，與群臣「閑歌」唱酬吟詩。「長松爾何知，蕭瑟為誰吟」二句更說明了，自己詩歌之中希望為國立功的忠貞之心，不為世人所理解。只能「手舞石上月，膝橫花間琴」在君臣之間放情歌詠，然而心中真正的「孤影」卻始終不得實現，所以說「過此一壺外，悠悠非我心」，現實中附和朝廷之作與「自我期許的立功」是無法契合的。

　　第二個版本為「見賀知章」時所獻〈蜀道難〉，是天寶初年李白四十二歲、賀知章為秘書監之時作品，用意在於訴說自己求仕之路困難，有心效力國家之情，期望賀知章援引，所以去掉詩題的「古」字，這個版本也是日後「金龜換酒」典故的由來。

　　第三個版本是李白五十六歲「玄宗幸蜀」之後版本，也是加入「上有六龍回日之高標」、「雄飛雌從」、「錦城雖云樂，不如早還家」等感嘆時事的詩句。這三個版本以「見賀知章」與「玄宗幸蜀」版本最為廣為流傳，因為當時李白已經成名。此處更顯得敦煌出土文獻最初與獨一無二的珍貴處。

　　李白為世人所熟知的〈月下獨酌〉一詩，其中深沉的對於國君期望與自我期望無法結合的感情，敦煌出土文獻詩題所增的「對影」二字，最能顯性表現李白此詩的主旨，對於解讀李白〈月下對影獨酌〉一詩，具有重要意義。證實與陶淵明〈形影神〉釋中，「形」、「影」、「神」之意中的「影」字都具有千古有志之士，共同追尋的夢想。

　　又由敦煌版〈月下對影獨酌〉的出土，可以知道今本〈月下獨酌〉四首，後二首與前二首應當不是李白同一時間的作品，是因為共有「月下」、「獨酌」詩題的作品編輯而成。

　　敦煌文獻的出土，對於中國文學史的史實考證，具有重大意義，除了許多今日已亡失的珍貴史料及詩文補充外，版本的校定對於詩歌原意的解讀更具有重大助益，對此人類文化的遺產保留，更是永世珍傳的寶藏。

第二章
唐代宗佛經護國經世價值
──「出世」與「入仕」的詩情轉化

一　前言

　　經過魏晉南北朝的戰亂唐代的邊疆政策多傾向於懷柔與羈縻的，安史之亂仰賴吐蕃、回鶻等外夷平定，各外蕃陸續為亂，外患不斷；戰亂之後中央實權轉弱，大唐東西南北各有藩鎮割據、吐蕃、回鶻侵擾，廣德元年吐蕃更占領了長安十五日之久。史書上記載，唐代宗召集群臣念佛，使得長安躲過戰亂。宋人洪邁《容齋三筆》中記載代宗崇尚釋氏的原因在於相信安史之亂得以平定，是因朝中大臣與高僧共同讚頌《仁王經》護國：[1]

　　　唐代宗好祠祀，未甚重佛。元載、王縉、杜鴻漸為相，三人皆好佛。上嘗問以「佛言報應，果為有無」。載等奏：「國家運祚靈長，非宿植福業，何以致之？福業已定，雖時有小災，終不能為害，所以安、史有子禍，仆固病死，回紇、吐蕃不戰而退，此皆非人力所及。」上由是深信之，常於禁中飯僧，有寇至則令僧講《仁王經》以禳之，

1　《仁王護國般若波羅蜜多經》亦稱《仁王經》，唐三藏紗門大廣智不空譯。財團法人臺北市松山慈祐宮，1979年（民國68年）3月。

寇去則厚加賞賜。胡僧不空，官至卿、監，爵為國公，出
入禁閨，勢移權貴，此唐史所載也。[2]

文中寫到唐代宗自己原與唐代皇朝相同是崇信道教信仰的，但當
時的宰相元載、王縉、杜鴻漸，都分析因果報應之說以說服代
宗，勸他以梁武帝時佛教治國的方式來安定內外。當代宗擔心國
家會有滅亡危機時問元載，元載以預言的方式說眼前所面臨的災
難是「小災」可以平安度過，最後君臣與滿朝文武對於吐蕃再次
攻陷朝廷，以僧人代講《仁王經》求福方法，退敵成功，事實
上，這個方法就是一種不抵抗戰術，試圖以佛經義理安定自我與
感動敵人。以佛經護國最後達成退敵的目的後，在多次有外患來
襲時，一再被運用。施行者更在亂世平定後，厚加賞賜獻策者。
吐蕃退兵後，唐代宗更加相信，藉由宗教的力量，可以化解危
機，並運用大量任用禮遇僧人，期望以文化融合的方式化解與外
夷的紛爭。雖然史書上對於這樣重用外邦僧人及大修佛寺的作為
多表示批評，但是由唐代宗當時的作為，深入分析可以理解為一
種「主和」及「懷柔」的戰略。

　　事實上，安史之亂仰賴吐蕃、回鶻等外夷平定，各地外蕃陸
續為亂，外患不斷，導致中央權力變弱，唐朝各地藩鎮割據，吐
蕃、回鶻侵擾，終唐代宗之世持續有戰事發生。京城因此每年都
要「防秋」警戒，防止再次被攻陷。當世局已經如是，戰亂之中
朝廷與士大夫都感無能為力之際，朝廷之中元載、王縉、杜鴻

2　洪邁著、上海大學古籍整理研究所所編：《全宋筆記‧容齋三筆》（鄭州市：大
　象出版社，2012年1月），卷7，頁84。

漸，以及大曆十才子、韋應物、劉長卿等人因而以宗教與山水來
成就縫補療癒朝廷與民心。唐代詩僧皎然創作了《詩式》一書，
也說明了這時期的隱居出世風格，僧人皎然正是大曆時期詩人，
《詩式》中曾經引用多次道教與佛教詩歌的例句：

> 駭俗其道如楚有接輿，魯有原壤。外示驚俗之貌，內藏達
> 人之度。郭景純〈遊仙詩〉：「姮娥揚妙音，洪崖領其
> 頤。」王梵志〈道情詩〉：「我昔未生時，冥冥無所知。天
> 公強生我，生我復何為？無衣使我寒，無食使我飢。還你
> 天公我，還我未生時。」賀知章〈放達詩〉：「落花真好
> 些，一醉一回顛。」盧照鄰〈勞作詩〉：「城狐尾獨束，山
> 鬼面參覃。」[3]

對於「駭俗」說法，可以瞭解當時宗教寓意入詩，雖然表面上看
來是與傳統儒家思想違背，目的是「內藏達人」具有渡化與化民
風俗的功用，也成為詩歌創作者創作的重要內涵之一。

　　大曆時期，在朝廷提倡佛教的趨勢下，此時期的僧人往往可
以出經入史，寺廟成為充滿文化氣息的場所，寒門子弟與高官子
弟都會到訪與論學的地點，充分具有文化傳播的功用。[4]

　　本文分析面對這段時期朝廷的動盪，朝廷中央如何及運用編
寫《仁王經》，藉由宗教力量安定民心，影響文學風氣，瞭解宗

3　（唐）釋皎然、李壯鷹校注：《詩式校注》（濟南市：齊魯書社，1987年），
　　頁38。
4　蔣寅：《大曆詩人研究》（北京市：中華書局，1995年8月），見「詩僧產生的
　　歷史文化背景」，頁325。

教與文學的政治功用，觀察元載、王縉、杜鴻漸三位宰相，以佛教安定民心的作法與歷史給予的評價，進一步剖析大曆詩人及韋應物、劉長卿等人的吟寫山水田園，歌頌太平，所受到的宗教力量牽引，除了藉此瞭解中央運用宗教與詩歌陶冶民心，尋求朝野安定力量方式的正面影響，由另一方面思考，募捐地方官員的資產興建佛寺，除了希望減少爭奪的殺伐之氣，也具有削減地方財力藩鎮的政治功用。

二　佛經護國──邊疆的懷柔功用

　　唐代宗從安史之亂時就擔任重要領兵任務，與其父唐肅宗及宦官李輔國一起進行奪權政變，唐肅宗時期唐代已經從開元天寶盛世，轉為內憂外患不斷的局勢。

　　宦官李輔國是唐代宗初期主要內憂，史書上記載唐肅宗臥病之時，李輔國等以張皇后欲謀殺太子之罪名，發起政變。代宗尊稱李輔國為「尚父」，封司空兼中書令，代宗最終依賴宦官程元振奪回李輔國軍權，宦官態度影響整個大唐政局，直至唐文宗甘露事變宦官屠殺朝中大臣，都無法解決。可以想見外患內憂不斷之下，佛教的洗禮與撫慰民心成為唐代帝王選擇的方法之一，也確實發揮了安定民心的功用。

　　唐代宗時期，藩鎮、宦官之亂尚處於萌芽階段，而外患則處於激烈的處境，尤其來自於吐蕃的入侵，從唐太宗時以文成公主和親即將唐朝的佛教信仰帶入吐蕃，到了唐肅宗時約定每年給予五萬匹布，唐代宗鑑於戰亂初定而全盤否定了此約定，這件事情造成的直接後果就是「唐藩社稷失和」，當時的吐蕃王正是唐朝

和親公主之子贊普赤松德贊，心中不懌，帶兵攻入長安，正式對唐朝發動全面進攻。值得一提的是，史書上記載贊普赤松德贊在位時印度傳入的密教和大乘佛教及吐蕃的「苯教」結合，形成了影響至今的藏傳佛教。可以推知唐代宗朝廷面對這樣的困境，選擇以與吐蕃共同的信仰佛教發揮護國的作用，相信運用佛教思想與信仰可以對內安定民心，對外化解雙方歧見。

　　由司馬光在《資治通鑑》中對於此事的評價，可以得見宋代理學開端以儒家思想治理國政的儒士對於此事的看法：

> 始，上好祠祀，未甚重佛。元載、王縉、杜鴻漸為相，三人皆好佛；縉尤甚，不食葷血，與鴻漸造寺無窮。上嘗問以：「佛言報應，果為有無？」載等奏以：「國家運祚靈長，非宿植福業，何以致之！福業已定，雖時有小災，終不能為害，所以安、史悖逆方熾而皆有子禍；僕固懷恩稱兵內侮，出門病死；回紇、吐蕃大舉深入，不戰而退：此皆非人力所及，豈得言無報應也！」上由是深信之，常於禁中飯僧百餘人。有寇至則令僧講《仁王經》以禳之，寇去則厚加賞賜。胡僧不空，官至卿監，爵為國公，出入禁闥，勢移權貴，京畿良田美利多歸僧寺。敕天下無得棰曳僧尼。造金閣寺於五臺山，鑄銅塗金為瓦，所費巨億，縉給中書符牒，令五臺僧數十人散之四方，求利以營之。載等每侍上從容，多談佛事，由是中外臣民承流相化，皆廢人事而奉佛，政刑日紊矣。[5]

5　（宋）司馬光：《資治通鑑》，卷224，唐紀40，頁7196。

以儒家思想來觀看此事,唐代宗排除了原本的國朝信仰道教與祭祖信仰,轉而大力推廣崇信佛教,宮中供養百位僧人、胡人,相信因果報應之說,除了朝政方面導致實際的政事與刑法荒廢外,建造寺廟更是浪費國家的實際生產能力者所繳交的稅收。更與儒家對於自我文化的優越感與敬鬼神而遠之的「人本」相違背。

以本文的主題方向觀看,唐代宗造金閣寺一事所記載當是唐代宗永泰二年(西元766年),不空奏請於五臺山建金閣寺為翻譯《仁王護國般若波羅蜜多經》等經典所在,以本文觀點來觀此事,可知唐代宗朝廷所希望達到的是文化傳播功用,是以佛家思想中戒殺生與因果報應之說的懷柔方式來處理唐皇朝所面臨的內憂與外患。

元載是在唐玄宗時期以老莊道家思想考上進士的,卻反過來推廣佛教思想,在唐肅宗時期曾經有立太子唐代宗及殺宦官魚朝恩之功,為唐代宗倚重的大臣。在邊疆政策上他主張防秋也是避免正面迎戰的方式,可以瞭解推廣佛經及思想是期望對於安內有所助益。

(一)唐代佛教興盛狀況

佛教在唐代走向了獨立發展時代,多數佛教宗派有深厚的寺廟經濟支持,各自具有龐大的理論思想影響著高層的士大夫與帝王,深刻影響著民眾的日常生活,華嚴宗的「圓融思想」是最為突出的。主要影響唐代佛教的是西域人士大量流入中原,包含南北朝時期流入中原的西域人信仰佛教,加以傳播,代表商業旅途中的敦煌佛窟是有唐一代佛教盛行的重要見證,當時眾多來華傳

教的高知識僧侶共同發揮佛教思想正面影響力。[6]

　　唐代君王對於佛教的支持由大力出資在佛教寺廟的興建如長安西明寺上可以得知，在唐代文人上王維是以佛教思想入詩作的代表人物。蕭麗華先生在《唐代詩歌與禪學》中說明了唐代禪學興盛的背景，[7]特別提到了王維的影響。王維（西元701至761年）歸隱輞川時購買了宋之問的〈藍田別墅〉，並將別業改為清源寺，是影響中國佛學入詩文的重要里程碑人物。王維的弟弟王縉（西元700年至781年），在唐代宗時位極要臣，更是進言唐代宗信仰佛教對於朝廷的助益，直至大曆十二年（西元777年）元載遭處刑，王縉遭貶謫，這段期間元載與王縉都影響著唐代官員的選拔與重視佛教思想的主流文風。文學史上一般也認為大曆時期主要風格是受王維禪風影響。

（二）唐代宗時期上位者對佛教的重視

　　唐代宗時期朝廷中對於佛教的信仰，主要顯現在幾個現象上，包含朝中大臣的推崇、大興佛寺供養僧人及以佛經退敵的決策上。其發揮的政治功用如下：

1　提高君王帝位發揚孝道

　　由《資治通鑑》所記載主掌朝政的魚朝恩，上奏將自己的莊園改為供俸章敬太后的佛寺以為君王祈福來觀看：

　　　　（大曆二年）夏，四月，丁卯，魚朝恩奏以先所賜莊為章

6　府建明：〈華嚴圓融思想與盛唐佛教氣象〉，《江西社會科學》第9期，2009年。
7　蕭麗華：《唐代詩歌與禪學》，臺北市：三民書局，1997年9月1日。

敬寺，以資章敬太后冥福，於是窮壯極麗，盡都市之材不足用，奏毀曲江及華清宮館以給之，費逾萬億。衛州進士高郢上書，略曰：「先太后聖德，不必以一寺增輝；國家永圖，元寧以百姓為本。捨人就寺，何福之為！」又曰：「無寺猶可，無人其可乎！」又曰：「陛下當卑宮室，以夏禹為法。而崇塔廟，踵梁武之風乎？」又上書，略曰：「古之明王積善以致福，不費財以求福；修德以消禍，不勞人以禳禍。今興造急促，晝夜不息，力不逮者隨以榜笞，愁痛之聲盈於道路，以此望福，臣恐不然。」又曰：「陛下迴正道於內心，求微助於外物，徇左右之過計，傷皇王之大猷，臣竊為陛下惜之！」皆寢不報。[8]

代宗之母因先祖犯法，被沒入掖庭宮中，是唐玄宗時賜予唐肅宗的侍女，代宗即位時章敬太后已經亡故了三十年，魚朝恩以自家莊園作為供俸章敬太后的寺廟，在代宗的立場想必是極為樂意。此舉除了建寺供俸厚植福報給予後代外，更提高了代宗的身分與地位外，亦有表揚孝道的正面價值。

衛州進士高郢則用經濟學的角度看待此事，認為這些浪費百姓可以維繫基本生活的金錢去建造華而不實的佛寺是錯誤的政策，司馬光的《資治通鑑》中也認為這是錯誤的決策。然而如果分析當時魚朝恩等人所想到的是另一個原因，建造寺廟確實是為了彰顯皇朝的富有，緩解百姓在安史亂世之後對於朝廷失去的信心，並進一步「上以風化下」，運用孝道與重視報應之說教化民心，似乎可以瞭解唐代宗朝的執政團體大興土木所做的政治功用。

8　（宋）司馬光：《資治通鑑》，卷224，唐紀40，頁7195。

2　相信生死輪迴減輕刑法修養生息

> 初，代宗喜祠祀，而未重浮屠法，每從容問所以然，縉與
> 元載盛陳福業報應，帝意向之。繇是禁中祀佛，諷唄齋
> 薰，號「內道場」，引內沙門日百餘，饌供珍滋，出入乘
> 廄馬，度支具稟給。[9]

記載唐代宗原本是信仰儒家傳統祭祀禮儀，但是每次與王縉及元載商議大事，最終都得到以佛教方式處理的建議，最終被二人所說服，因此唐代宗引用大批的方外人士，進入宮廷中施行佛教禮儀，花費了巨大的經費。

　　由這一段說明可以看出歐陽脩是以經濟角度上出發，覺得朝廷不應該花費巨資在此上面。並未思考代宗當時在對於國家內憂外患無能為力之下，只能以此方法因應。值得深思的是，王縉及元載說服唐代宗的理由「因果報應」之說真正的義理，應當就是如果用佛教不殺生及轉世輪迴的信仰教化官員百姓，如此王朝的內憂外患將可以獲得緩解，進一步如果以同樣的宗教思維說服吐蕃，更可能平息亂事，這樣的理由，是真切會讓唐代宗相信信仰佛教可以讓王朝免於危難。

　　如果用另一個角度來看唐代宗朝的中央帶領崇信佛教的風氣與功用，可以看出是具有另一種以文化「懷柔」的上以風化下的功用。當時佛教在宮中盛行的景況有：

9　（宋）宋祁、歐陽修：《新唐書》（臺北市：中華書局，1975年初版），唐書卷145，列傳第70，頁4716。

> 七月望日，宮中造盂蘭盆，綴飾鏐琲，設高祖以下七聖位，
> 幡節、衣冠皆具，各以帝號識其幡，自禁內分詣道佛祠，
> 鐃吹鼓舞，奔走相屬。是日立仗，百官班光順門奉迎導從，
> 歲以為常。群臣承風，皆言生死報應，故人事置而不修，
> 大曆政刑，日以埋陵，由縉與元載、杜鴻漸倡之也[10]。

此後唐代宗以佛教盂蘭盆法會超渡先祖，從宮中到京中各地佛
寺，百官都加入迎從的行列，主要倡導人物是宰相，宋人歐陽脩
站在反對的立場，認為因為這樣的生死輪迴不輕易殺生的佛教思
想，造成大曆時期刑法寬鬆，最終導致治刑法敗壞，給予負面的
評價中。更可以顯現唐代宗是在長時間的戰爭與殺戮之後，希望
以佛教思想淨化人心，修養朝廷的創傷，並達到了確實的效果。

　　顯然宋代的歐陽脩在寫《新唐書》時是用與古文八大家之一
韓愈相同的，認為佛教浪費民生經濟，因此用負面手法記載了當
時朝中大臣對於佛教的信仰。忽視了唐代宗時期朝臣希望達成的
實際希望。

3　以宣揚佛教勸募收取地方財力

　　歐陽修的《新唐書》中對於王縉推崇佛教的評價也從經濟考
量反對：

> 縉素奉佛，不茹葷食肉，晚節尤謹。妻死，以道政里第為
> 佛祠，諸道節度、觀察使來朝，必邀至其所，諷令出財佐

10　（宋）宋祁、歐陽修：《新唐書》唐書卷145，列傳第70，頁4716。

營作。[11]

記載了王縉崇敬佛教，請各節度官員都要捐錢貢獻寺廟建造與維護。由史書上記載可以得見，王縉顯然是自奉儉約，卻在興建佛祠與供奉之上花費募資，從史官的評語中可以看出具有反對與認為不妥之處。但是如果以朝廷中央集權的觀點來看，王縉的作為實際上該是具有另一個用意的，就是王縉認為宗教是可以安定民心的，如同梁武帝當時希望藉由舉朝上下信仰佛教，以宗教治國，化解戰事與紛亂。當時的外患吐蕃也是佛教信仰，運用佛教思想來化解雙方的歧見，是在亂世之中期望用宗教文學與儀軌來處理國與國之間的紛亂。對內則是削減地方官員財務以避免凌駕中央，收集地方的財務歸於佛寺，並運用懷柔的方法，避免地方藩鎮的財力凌駕於中央的重要方法。

（三）《仁王護國般若波羅蜜多經》修撰的政治功用

唐代帝王對於信仰佛教可以安邦定國、弭平戰亂一事，最有名的就是法門寺迎佛骨可以化解天下干戈，唐太宗、武皇后、肅宗都曾經至法門寺迎佛骨，當時就深信法門寺三十年開一次，是具有平息天下戰爭的佛力，唐代宗廣德元年（西元763年）十月吐蕃攻入長安，之後維持了八年的平靜歲月，使得唐代宗相信當年護念《仁王經》及宣揚佛教化解內外爭議，[12]是得以脫離危

---

11 （宋）宋祁、歐陽修：《新唐書》唐書卷145，列傳第70，頁4716。

12 魏一駿：《《仁王經》歷次翻譯及其中古時期流傳的研究》，蘭州大學中國史‧敦煌學碩士論文，2016年5月，頁1。「《仁王經》是一部在中古時期極為重要的佛經，它在歷史上有過四次翻譯，並且其翻譯應該有梵本可依。儘管晉竺法護和梁真諦譯本唐代時便已不存，現僅能看到後秦鳩摩羅什和唐不空

難，及維持國事穩定的重要政策。在八年後的大曆六年（西元771年），唐代宗下詔翻譯《仁王經》，大曆十三年（西元778年）在法門寺立碑，碑文定為〈大唐聖朝無憂王寺大聖真身寶塔碑銘並序〉，這些重要的推崇佛教事蹟，除了中央當時達到其政治目的外，更是保存了法門寺的史料，值得重視的是，兩件重大作為命名都以「護國」、「聖朝無憂」為名，可以明確地看出唐代宗推崇佛教的重要經世濟民功用與目的。

歐陽修在《新唐書》中說道：

> 或夷狄入寇，必合眾沙門誦《護國仁王經》為禳厭，幸其去，則橫加錫與，不知紀極。胡人官至卿監、封國公者，著籍禁省，勢傾公王，群居賴寵，更相凌奪，凡京畿上田美產，多歸浮屠。雖藏奸宿亂踵相逮，而帝終不悟，詔天下官司不得箠辱僧尼。初，五臺山祠鑄銅為瓦，金塗之，費億萬計。縉給中書符，遣浮屠數十輩行州縣，斂丐賚貨。縉為上言：「國家慶祚靈長，福報所馮，雖時多難，無足道者。祿山、思明毒亂方熾，而皆有子禍，僕固懷恩臨亂而踣，西戎內寇，未及擊輒去，非人事也。」故帝信

兩種譯本，但通過各種史籍記載可基本確定歷次翻譯的時間和地點。在敦煌吐魯番等地出土的西陲寫本中發現的《仁王經》雖然數量不多，但通過寫經題記可以看出，位於吐魯番地區的高昌國統治者對該經護佑統治長久的作用，有著比一直處於中原王朝管轄下的敦煌統治者更強烈的期待。南北朝時期常能見到統治者信奉該經的記載，到了唐代，由不空主導的重譯以及之後舉行的一系列法會，將《仁王經》的歷史地位推到前所未有的高度。除了中國，周邊如朝鮮半島、日本、南詔等國受中國很大的影響，因此對《仁王經》亦甚為推崇。」

　　愈篤。[13]

　　因為多次的外夷入侵，最後都因為僧尼合力唸誦《護國仁王經》而修福感動教化，[14]最終得以安然度過危機。動用僧人共同施行科儀，唸經「禳厭」除災祈福成功，使得天下可以安定，因此大賜封賞僧尼。僧人又多胡人，得到朝廷的敬重甚於公卿王室，這些胡人奪取京城土地與良田，皆歸為寺產。獲得許多刑罰的豁免權，起了許多紛爭，使得犯罪者多藏於寺院之中，官吏不可以處罰僧尼。

　　王縉派遣僧尼至各地化緣，聚斂錢財收至五臺山上的佛寺，修建的金碧輝煌，認為藉由祈福可以使唐朝度過危機，由於多次外夷入侵與內亂都是朝廷沒有動用武力就化險為夷，使得唐代宗更深信不疑。

　　觀看這段歷史記載，可以瞭解王縉與唐代宗用的是以佛教信仰安定民心，當君臣與滿朝文武對於吐蕃再次攻陷京城，而朝廷完全無能為力之時，只能以此安定滿足滿朝文武大臣甚而君王的心聲。通過利用興建佛寺之名可以蒐集地方錢財，歸於朝廷可以掌

13　（宋）宋祁、歐陽修：《新唐書》唐書卷145，列傳第70，頁4716。

14　夏廣興：〈《仁王經》與唐代社會生活〉（上海市：華東師範大學學報，2012年），頁65-88。「佛教東漸，華梵交融，使中土文化為之一變。隨著開元年間『開元三大士』的先後入唐，使佛教一宗──密宗應運而生，且在大江南北影響甚巨。隨著漢譯密教典籍的傳譯，其中具有護國色彩的密教經典《仁王護國般若波羅蜜經》（以下簡稱《仁王經》）在宮廷內外甚為流行，其護國功能及祈雨、止雨等諸成就法為朝野上下所敬信，其影響甚至左右著當時的國家政策以及當時的政治、軍事和經濟生活。本文擬從《仁王經》的傳譯與流播，及《仁王經》的護國思想等方面來看其在當時政治、軍事、經濟生活中的作用與影響。」

握的佛寺之中，適用另一種「懷柔」的政策在面對內憂外患，將
地方藩鎮的金錢與力量，收歸朝廷掌控。正是希望以文化宗教的
方式達到「鞏固與安定」皇朝的方法。

　　唐代宗依不空所請興建金閣寺之後，在大曆六年（西元771
年）下詔請不空和尚翻譯《仁王護國般若波羅蜜多經》一事，[15]
更是對於佛教經典有直接的貢獻。不空從唐太宗時期就跟隨金剛
智至唐朝學習翻譯，與金剛智所學有多次祈雨護國成果被記載，
師徒二人在印度與唐朝都有成功祈雨止災的神蹟被記載。可以瞭
解唐代宗對於此次護國經書的翻譯與佛教的重視。今日閱讀唐代
宗所寫〈大唐新翻護國仁王般若經序〉，主旨有：

1　經書的功用之一在於「鎮乾坤、遏寇虐」

> 皇矣至覺，子于元元。截有海以般若之舟，剪稠林以智慧
> 之劍。綿絡六合，羅罩十方。弘宣也深，志應也大。自權
> 興天竺，泳沫漢庭，行無緣之慈，納常樂之域。信其博
> 施，傾芥城而逾遠；仰夫湛寂，超言象之又玄。五始不究
> 其初，一得罔根其本。以彼取此，何其遼哉！朕忝嗣鴻
> 休，丕承大寶，軫推溝以夕惕，方徹枕而假寐。夫其鎮乾
> 坤、遏寇虐、和風雨、著星辰與物無為、乂人艱止，不有
> 般若，其能已乎？朕嘗澡身泉、宅心道祕，緬尋龍宮之
> 藏，稽合鷲峰之旨，懿夫護國，實在茲經。[16]

---

15 屬於「三論宗」經典之一。「三論宗」是隋朝吉藏創立。《中論》、《十二門
　論》、《百論》三論立宗，主要教義是諸法性空。以《大品》、《法華經》、《華
　嚴經》、《涅槃經》為主要經典，輔以《維摩經》、《仁王經》、《金剛般若經》、
　《勝鬘經》、《金光明經》等。

16 （清）董誥等編：《全唐文》，卷49，1982年8月，頁554。

文中說明此經書從天竺國而來，傳至中原，發揮其慈悲本意，護佑全國百姓能常保安樂生活。並點出唐代宗自繼承大統之後就擔憂國事。表示修習此經具有安定國家天下、斥退盜寇、風調雨順、以無為而治，安定天下艱困難行之事的功用與目的，唯有修讀此經才能具有洞察一切事務的至高「般若」智慧，才得以安定天下。

2　在大明宮翻譯與展演

> 朕哀纏樂棘，悲感霜露，捧戴遺詔，不敢怠遑，延振錫之群英、終為山之九仞。開府朝恩，許國以身、歸佛以命，弼我真教申夫妙門。爰令集京城義學大德良賁等，翰林學士常袞等，於大明宮南桃園，詳譯《護國般若》畢，并更寫定《密嚴》等經。握槧含毫，研精賾邃，曩者訛略刊定較然，昔之沈隱鈎索煥矣。足可懸諸日月大燭昏衢，潤之雲雨橫流動植。伏願上資仙駕，飛慧雲於四天；迥出塵勞，躡金蓮於十地。朕理昧幽關、文慙麗則，見推序述，惋撫空懷。聊紀之於首篇，庶克開於厥後，將發皇永永，可推而行之。時，旃蒙歲木槿榮月也。[17]

由序言中可以見得唐代宗推崇佛經與佛教的目的，是為了要繼承肅宗遺詔，以生命守護江山「護國」才會信仰佛教，期望藉由朝野上下有能力的臣子，協助翻譯《護國般若經》並且寫定《密嚴》等經，希望藉由經文思想的傳播達成守護唐朝的使命。唐玄

17　（清）董誥等編：《全唐文》，卷49，1982年8月，頁554。

宗時大明宮中就是大型宮廷舞臺的所在,唐代宗運用大明宮作為
佛教翻譯的重鎮,更具有特殊意義。經由帝王親自供養和參與翻
譯展演經文與經義,表現出宣揚佛教的用意與付出,顯而易見有
其以宗教文學與教義安定內憂外患的特殊用意。

3　經文所傳授的「忍」、「不動」、「空」

　　此次翻譯的重心在於不空瞭解漢語音韻,所以目的是具有傳
播與影響功用。

> 先聖翹誠玉毫,澹慮真境,發揮滿教,搜綴缺文,詔大德
> 三藏沙門不空,推校詳譯未周部卷。三藏學究二諦、教傳
> 三密,義了宗極、伊成字圓,褰裳西指、汎盃南海,影與
> 形對,勤將歲深,妙印度之聲明、洞中華之韻曲,甘露沃
> 朕香風襲予。既而梵夾遠齎,洪鍾待扣,佇延吹萬之籟、
> 率訓開三之典。[18]

在不空所翻的經文中這樣長篇的譯文有四篇,不空深懂中原音律
與語言,這對於將佛經文學化,以便於閱讀與傳唱,進一步經由
科儀(即齊醮)的進行,讓眾人可以親身體會感受經文的深意是
具有極大貢獻的。因為便於傳唱與記誦,就更方便讓眾人理解。
由此更可以瞭解因為便於傳唱當時的佛經與詩歌,都特別重視音
律,更可以瞭解皎然《詩式》一書之所以重詩歌音律的歷史背
景,在於以傳唱方式除播詩歌與經文以洗滌民心。經文中多可見

18　(清)董誥等編:《全唐文》,卷49,1982年8月,頁554。

數字與聲韻對仗。代宗稱其「妙印度之聲明、洞中華之韻曲」。使其在誦讀上猶如有韻之文，聲韻美感強烈。便於唱頌加以音樂的安撫人心，更能達到安定民心、解除恐慌的效用。

4　以盛行於吐蕃的《仁王經》護國之特殊意義

《仁王經》護國品第五，直接說明護國的功用：

> 爾時，世尊告波斯匿王等諸大國王：諦聽！諦聽！諦聽！我為汝等修護國法。汝等諸王應當受持讀誦此般若波羅蜜多。於諸座前燃種種燈，燒種種香，散諸雜花，廣大供養。衣服、臥具、飲食、湯藥、房舍、床座一切供事。每日二時讀講此經。若王、大臣、比丘、比丘尼、優婆塞、優婆夷聽受讀誦。如法修行，災難即滅。大王！諸國土中無量鬼神，一一復有無量眷屬，若聞是經，護汝國土。若國欲亂、鬼神先亂，鬼神亂故，即萬人亂，當有賊起，百姓喪亡，國王、太子、王子、百官互相是非。天地變怪，日月眾星失時失度，大火、大水及大風等，是諸難起，皆應受持講說此般若波羅密多。[19]

不空在修正的佛教儀軌中要求有百位高座、請百法師。高座指的是除了百位高僧外，重要國家要員，正因如此講贊《仁王經》的法會也被稱為「百座道場」或「百座會」。[20] 經書的功用，除了

---

19 （唐）不空三藏譯、良賁法師疏：《佛光大藏經・般若藏・注疏部・仁王經疏外一部》（臺北市：佛光山宗務委員會印行，1997年8月），頁305。

20 參考魏一駿《《仁王經》歷次翻譯及其中古時期流傳的研究》第二章「《仁王

護國抵禦外患，還可以救火難、水難、風難等天災，除亂臣賊子，深切符合代宗執政時迫切的需求。

洪邁《容齋三筆》中記載當時不空的事蹟中說明了三位帝王時代所受重視：

> 予家有嚴郢撰《三藏和尚碑》，徐季海書，乃不空也，云：「西域人，氏族不聞於中夏，玄、肅、代三朝皆為國師。代宗初以特進、大鴻臚褒表之。及示疾，又就臥內加開府儀同三司、肅國公。既亡，廢朝三日，贈司空。」其恩禮之寵如此。同時又有僧大濟，為帝常修功德，至殿中監。贈其父惠恭兗州刺史，官為營辦葬事，有敕葬碑，今存。時兵革未盡息，元勛宿將，賞功賦職，不過以此處之，顧施之一僧，繆濫甚矣！[21]

其中不空大師所被加封的名稱「國師」是古來帝王對於高僧護國的最高稱美；「大鴻臚」是主管外夷事務，後改為主管朝廷典儀；「開府儀同三司」指國君重要的個人幕府工作人員；「司空」是正一品的官員。本段洪邁的主旨是批評國君不獎賞武官與安定國家戰亂的文官，卻大加封賞僧人。從另一個觀點來看，不空被安排在對外夷事務與朝廷禮儀的重大要職，正是從玄宗到肅宗代宗三代帝王的領悟，期望藉由宗教力量安定內憂外患，以佛教文化與宗教思想阻止戰亂。

經》在中原地區的流傳中」第一節「唐代宗朝以前所見《仁王經》的流傳」、第二節「唐代宗朝對《仁王經》的重譯及相關法會。」頁16-19。

21 洪邁：《全宋筆記》〈容齋三筆〉，卷7，頁84。

三　「出世」與「入仕」的詩情轉化

朝廷藉由傳播佛教思想及信仰，對外化解與吐蕃的對立，發揮護國的功用，對內希望安定民心、化解內亂殺伐之氣，進一步藉由派員至各州縣蒐集豪富地方官員財富歸於寺廟，以免地方財力凌駕中央。在這樣的影響之下，唐代宗時期影響文壇主流詩人，漸漸從盛唐壯闊勵志的邊塞詩歌、充滿希望的浪漫詩風及關心民生的社會詩歌主題，這些充滿積極入仕的詩風，轉向了出世以自然山水為主題的詩風，本文所要說明的是，這樣的作品並不代表不關心朝廷與社會百姓。

《仁王經》在中土受到重大關注，當時詩歌中具有宗教出世與隱逸風格，僧人與文人更重視詩歌與聲律的運用，以利於思想的傳播。於此我們就當時詩人與僧人在「出世」與「入仕」中的轉化分析論述：

(一) 僧人皎然──追求仕途不成而出家

大曆十才子總體文風，據皎然《詩式》中所提：「大曆中詞人，竊占青山、白雲、春風、芳草等為己有。」[22]從文字之中可見，已經出家的僧人皎然對於大曆時期的文人不關心民生與國事，只知道談風景是有意見。皎然是東晉時期謝家後人，曾經多次應考科舉卻落榜，方才放棄「出仕」的願望，於是回到家鄉「妙喜寺」皈依佛門，並得以與顏真卿等人接觸，參與顏真卿《韻海鏡源》之編纂，[23]此書在戰亂前編著因戰亂中斷，最後在

22　(唐)釋皎然：《詩式校注》(濟南市：齊魯書社，1987年)，頁197。
23　(唐)顏真卿《杼山妙喜寺碑》云：「真卿自典校時，即考五代祖隋外史府

大曆九年於「妙喜寺」放生池畔集眾人之力完成。之後皎然在盧山西林寺更出版了《詩式》，二書都對詩歌音律之美有所助益，對於佛經音譯的傳播取得貢獻。

蕭馳所作〈中國思想與抒情傳統第二卷：佛法與詩境〉[24]探討說明了《皎然年譜》中提及安史之亂後，皎然在江淮一帶，寫作《詩式》中的佛教思想地，當在洪州、牛頭、天臺附近，而大曆後期所表現的是洪州禪宗特色，皎然在大曆時期所作〈山居示靈澈上人〉：

晴明路出山初暖，行踏春蕪看茗歸。乍削柳枝聊代札，時窺雲影學裁衣。身閒始覺隳名是，心了方知苦行非。外物寂中誰似我，松聲草色共無機。[25]

可以明顯看出，佛教思想對空寂的概念完全展現於詩歌哲理之中。「晴明路出山初暖，行踏春蕪看茗歸。」二句是一種活在當下的生活禪。「身閒始覺隳名是，心了方知苦行非」，「苦行」二字用了佛家用語，所指的是悟的正確概念，而非經過苦行而成就。整首詩作押韻對仗工整，將佛教思想融入其中，有助於思想的傳播，這樣的方外之士所寫的詩歌具有佛理是合理的，我們要重視的是這樣的佛教思想傳播加入了文學之美，使得佛教的傳播

君與法言所定《切韻》，引《說文》、《蒼》（《三蒼》)、《雅》（《爾雅》）諸字書，窮其訓解，次以經史子集中兩字以上成句者，廣而編之，故曰『韻海』；以其鏡照原本，無所不見，故曰『鏡源』。」

24 蕭馳：《中國思想與抒情傳統第二卷佛法與詩境》（臺北市：聯經出版社，2012年7月），頁154。。

25 王全等編：《全唐詩》，卷815，冊23，頁9183。

得以更快速遠播，在國君重視及禮遇僧人之時，僧人們更得以去
發揚佛教思想，使其具有安定民心經世功用。

在多次求取仕途失敗之後，皎然運用「出世」的出家作為，
仍舊發揮了經世濟民安定民心的初衷。

（二）以「出世」心境書寫「入仕」情懷——盧綸、司空曙、李端

盧綸經歷過安史之亂的流亡，唐代宗時期受到元載、王縉重
用，盧綸〈送惟良上人歸江南（一作郢上人）〉：

> 落日映危檣，歸僧向岳陽。注瓶寒浪靜，讀律夜船香。苦
> 霧沈山影，陰霾發海光。群生一何負，多病禮醫王。[26]

詩歌中提及與僧人之間的情誼，說明僧人的責任是「荷負群生，
為之重擔」，協助眾生排除生死輪迴的重擔。「醫王」一語更是成
為日後典故，本是指具有傑出醫術的人，此時比喻諸佛、高僧，
可見當時的佛教寺院也兼具了醫療的功能，僧人除了祈福還有治
病護國的工作，具備了經世的功用。

在〈念題濟寺〉中：

> 靈空聞偈夜清淨，雨裡花枝朝暮開。故友九泉留語別，逐
> 臣千里寄書來。[27]

---

26 王全等編：《全唐詩》，卷276，冊9，頁3124。
27 王全等編：《全唐詩》，卷276，冊9，頁3130。

「靈空聞偈」明顯的是將佛教儀軌融入日常生活之中。元載與王
縉都重用的盧綸，詩歌之中表現出佛教自我內心安定的思想，將
心志寄託在一種空無思想之中，把心中的不安與不滿寄託於佛教
的思想與暮鼓晨鐘之間。「故友九泉留語別」、「逐臣千里寄書
來」，二句顯示的正是在生死觀點上看來，政治的爭奪與利益正
是浮生一夢，既是如此又如何需要爭奪。

盧綸在〈落第後歸山下舊居留別劉起居昆季〉一詩中提及：

> 寂寞過朝昏，沈憂豈易論。有時空卜命，無事可酬恩。寄
> 食依鄰里，成家望子孫。風塵知世路，衰賤到君門。醉裡
> 因多感，愁中欲強言。花林逢廢井，戰地識荒園。悵別臨
> 晴野，悲春上古原。鳥歸山外樹，人過水邊村。潘岳方稱
> 老，嵇康本厭喧。誰堪將落羽，回首仰飛翻。[28]

「有時空卜命，無事可酬恩」二句，顯現出作者對於傳統道教信
仰卜命之學的信仰，詩中鋪陳出的「花林逢廢井，戰地識荒園。
悵別臨晴野，悲春上古原。」戰亂感懷顯現出盧綸在未入仕之
前，國境之內仍是百廢待舉，可以推理朝廷重視佛教思想以安定
社會的脈絡。

李端在〈慈恩寺懷舊（并序）〉中提及：

> 余去夏五月，與耿湋、司空文明、吉中孚，同陪故考功王
> 員外，來游此寺。員外，相國之子，雅有才稱，遂賦五

---

28 王全等編：《全唐詩》，卷276，冊9，頁3137。

物，俾君子射而歌之。其一曰凌霄花，公實賦焉，因次諸
屋壁以識其會。今夏，又與二三子游集於斯。流涕語舊，
既而攜手入院。值凌霄更花，遺文在目。良友逝矣，傷心
如何。陸機所謂同宴一室，蓋痛此也。觀者必不以秩位不
侔，則契分曾（一作甚）厚；詞理不至，則悲哀在中。因
賦首篇，故書之。[29]

相偕共遊之處多在寺廟之中，加上上位者崇信佛教，流涕語舊，
對於去年同遊故友的想念之外，長篇悼念詩中所提到：「伊昔會
禪宮，容輝在眼中。籃輿來問道，玉柄解談空。孔席亡顏子，僧
堂失謝公。遺文一書壁，新竹再移叢。始聚終成散，朝歡暮不
同。春霞方照日，夜燭忽迎風。」[30]的正是相聚多在寺廟之中，
共同談論佛理。由司空曙〈殘鶯百囀歌同王員外耿拾遺吉中孚李
端遊慈恩各賦一物〉詩，可以瞭解在談論佛理之中，這群文人所
擔心的仍是國家安危與百姓生計：

殘鶯一何怨，百囀相尋續。始辨下將高，稍分長復促。綿
蠻巧狀語，機節終如曲。野客賞應遲，幽僧聞詎足。禪齋
深樹夏陰清，零落空餘三兩聲。金谷箏中傳不似，山陽笛
裡寫難成。憶昨亂啼無遠近，晴宮曉色偏相引。送暖初隨
柳色來，辭芳暗逐花枝盡。歌殘鶯，歌殘鶯，悠然萬感
生。謝朓羈懷方一聽，何郎閑吟本多情。乃知眾鳥非儔

---

29 王全等編：《全唐詩》，卷284，冊9，頁3237。

30 王全等編：《全唐詩》，卷284，冊9，頁3237。

比，暮噪晨鳴倦人耳。共愛奇音那可親，年年出谷待新
春。此時斷絕為君惜，明日玄蟬催髮白。[31]

司空曙經歷過安史之亂，因為安史之亂南逃離開長安，亂後才至
長安參加科舉，出仕歷任多地擔任過多項「入仕」職務。司空曙
因為曾逃難見過各地景色，他的詩作中以寫自然景色和鄉情過往
的逃難經驗，使得其詩作中雖然傳達出「出世」的情懷，但深切
的擔憂仍見於字裡行間。

詩中可以得見大曆十才子的交遊和唱和與佛教僧侶生活的結
合，遊山寺之中與友人唱和詩中融入佛教生活。司空曙與耿拾
遺、吉中孚、李端的唱和詩中「殘鶯一何怨，百囀相尋續」二句
帶出作者劫後餘生的創傷記憶。縱使已經在佛寺中所聽聞的心曲
仍是悲傷的過往，在佛寺中參禪，心中仍是「憶昨亂啼無遠近，
晴宮曉色偏相引。」過往的逃難擔憂國事情緒與現今「入仕」希
望又所作為的心境。但是以「殘鶯」自比的司空曙，與這群志同
道合的好友擔心的是年華老去，年華老去，終究對於國家社稷無
所貢獻。

（三）從道而佛而入仕——吉中孚

吉中孚本為道士，在唐代宗時還俗，由於篤信佛教的元載也
信奉道教，因此受到元載賞識。由吉中孚的例子可以看出，唐代
宗時期佛教道教與儒家經世濟民是可以互補互助的。吉中孚從一
位在宗教界的道士到朝廷入仕，官校書郎，登宏辭，到了唐德宗

---

31 王全等編：《全唐詩》，卷293，冊9，頁3327。

興元年間官至翰林學士、戶部侍郎。此處可以瞭解唐代宗時，宗教界人物對於朝廷政治的關心是一種常態，而宗教的化民功用既然相同，盧綸在〈同吉中孚夢桃源〉中寫道：

> 春雨夜不散，夢中山亦陰。雲中碧潭水，路暗紅花林。花水自深淺，無人知古今。夜靜春夢長，夢逐仙山客。園林滿芝朮，雞犬傍籬柵。幾處花下人，看予笑頭白。[32]

在朝廷之中「入仕」的同時，心中又有著「出世」的桃花源仙界境界，出世的信仰與精神解離，對於當時戰亂後的心靈確實具有撫慰的功用。前二句「春雨夜不散，夢中山亦陰」寫的是現實生活中的景色，也是現實生活中盧綸與吉中孚對於世局的擔心與不安，第三句一轉寫二人共同夢想桃花源的境界。陶淵明寫桃花源的境界正是東晉亂世中幻想，希望百姓可以有個安居樂業的生活，是以此詩正是盧綸及吉中孚期望藉由心中桃花源世界來釋懷心中對於現實世界的不安與擔憂。這也是唐代宗開始希望文武百官與百姓用宗教自釋的方式面對內憂外患的困苦。

李端在〈送吉中孚拜官歸業〉中提到：

> 南入華陽洞，無人古樹寒。吟詩開舊帙，帶綬上荒壇。因病求歸易，霑恩更隱難。孟宗應獻鮓，家近守漁官。[33]

寫出吉中孚雖然還鄉仍帶有官職，兼具了「出世」與「入仕」的

---

32 王全等編：《全唐詩》，卷277，冊9，頁3141。
33 王全等編：《全唐詩》，卷285，冊9，頁3253。

雙重自我要求。李端在〈宿山寺雪夜寄吉中孚〉在佛寺中寄詩給
吉中孚：

> 獨愛僧房竹，春來長到池。雲遮皆晃朗，雪壓半低垂。不
> 見侵山葉，空聞拂地枝。鄙夫今夜興，唯有子猷知。[34]

將寄情佛寺中的清靜景色與吉中孚分享，此詩運用了隱居的王徽
之乘興而來，盡興而返，拜訪戴逵的典故。值得重視的是，戴逵
是東晉的藝術家，與高僧為伍，同時精研儒家、道家與佛教，最
終相信宿命論，否定善有善報之說，認同了佛教因果輪迴之說。
如果依戴逵所信仰的佛教思想治世，大家相信現實之中的爭奪與
殺伐最終將會在來世得到報應，就可以減少戰亂與傷亡。令人玩
味的還有王徽之當時去拜訪戴逵所要討論的主題，是什麼？會是
政治議題嗎？最後連身旁的親友都不能告知。再對比王徽之兄長
王凝之因為出任會稽太守經歷五斗米教之亂，遭到滿門殺身之
禍。更顯得當時王徽之選擇歸隱不涉及政治議題的明智選擇。

（四）書寫京城中「入仕」繁華及佛教「出世」理念

這一類以「春城」歌頌京城的詩歌，與漢代的賦及梁代的宮
體詩有著相同的政治意義，具有炫耀宮廷與京城之華麗安康，對
於外敵與百姓都具有宣揚國家的強盛與安定的作用。大曆十才子
所表達的作品風格是屬於京城高層的文學，受朝廷佛教出世思想
影響，十才子之作出現大量的「春城」之作。

---

34 王全等編：《全唐詩》，卷285，冊9，頁3254。

　　曾經任職翰林學士的錢起，詩歌藝術無論用語與音律都備受認同，但是詩歌內容多被認為有不食人間疾苦的問題。今日觀其有關春城的作品〈贈闕下（一作闕下贈）裴舍人〉中所言：

> 二月黃鶯飛上林，春城紫禁曉陰陰。長樂鐘聲花外盡，龍池柳色雨中深。陽和不散窮途恨，霄漢長懷捧日新。獻賦十年猶未遇，羞將白髮對華簪。[35]

詩中「上林」、「春城」、「紫禁」都是指詩歌背景在京城之中，所聽到的是「長樂鐘聲」暮鼓晨鐘，表現出佛教生活融入了京城生活之中。在描寫京中繁華的世界中，錢起是以佛教的義理來自我寬慰，詩中仍見「窮途恨」、「猶未遇」、「羞將」等字語，在「入仕」之時對於國事與百姓仍是有所擔憂的，只是在這樣亂後的時代中用佛法自我安頓，在描寫繁華的京城時顯現出自己憂國憂民之心。

　　對於春城的描寫，名聞於當時韓翃有多首作品，在〈題薦福寺衡嶽禪師房〉：

> 春城乞食還，高論此中閒。僧臘階前樹，禪心江上山。疏簾看雪卷，深戶映花關。晚送門人出，鐘聲杳靄間。[36]

在京城中「入仕」與朋友關心國事的同時，仍在佛寺禪房中將禪心放於山水之間，聽著暮鼓晨鐘，將佛法出世的願想融入仕途生

---

35 王全等編：《全唐詩》，卷239，冊8，頁2675。
36 王全等編：《全唐詩》，卷244，冊8，頁2743。

活之中。寫出在京城中，心境受到的困苦之情，如何藉由至佛寺
中修禪，獲得心靈的安慰與平靜。在〈送劉侍御赴陝州〉詩中寫
出送別情感：

> 金羈映驌驦，後騎佩干將。把酒春城晚，鳴鞭曉路長。帶
> 冰新溜澀，間雪早梅香。明日懷賢處，依依御史床。[37]

將京城之中官員所裝載著「金羈」華麗的配件裝飾著「驌驦」名
馬、佩帶著「干將」名劍。一首簡短稱美對方為賢士的送別的詩
作中，運用華麗的物件與色彩搭配雪景的形容，顯現出京城人士
的富庶形象。韓翃在〈羽林騎〉中寫出的宮中羽林軍形象：「駿
馬牽來御柳中，鳴鞭欲向渭橋東。紅蹄亂蹋春城雪，花領驕嘶上
苑風」。[38]也顯示出春城中意氣風發具有朝氣的國朝景象。

〈寒食〉詩中更是寫出對於朝廷的確切關心：

> 春城無處不飛花，寒食東風御柳斜。日暮漢宮傳蠟燭，輕
> 煙散入五侯家。[39]

此詩成為千古名作，以漢末宦官為禍，比喻唐代君王面臨朝政把
持在宦官手中的困境，以這樣的方法忠言直諫。

盧綸的〈雜曲歌辭‧皇帝感詞〉：「提劍雲雷動，垂衣日月
明。禁花呈瑞色，國老見星精。發棹魚先躍，窺巢鳥不驚。山呼

---

37 王全等編：《全唐詩》，卷244，冊8，頁2744。
38 王全等編：《全唐詩》，卷245，冊8，頁2757。
39 王全等編：《全唐詩》，卷245，冊8，頁2757。

一萬歲，直入九重城。天衣（集作香）五鳳彩，御馬六龍文。雨露清馳道，風雷翊上軍。高旆花外轉，行漏樂前聞。時見金鞭舉，空中指瑞雲。」「妙算干戈止，神謀宇宙清。兩階文物盛，七德武功成。校獵長楊苑，屯軍細柳營。歸來獻明主，歌舞隘（集作溢）春城。」「天樂下天中，雲輧儼在空。鉛黃豔河漢，語笑合笙鏞。已見長隨鳳，仍聞不避熊。君王親試舞，閶闔靜無風。」所歌詠「提劍雲（集作風）雷動，垂衣日月明。」的對象是唐代宗，故事主場景是「山呼一萬歲，直入九重城」、「歸來獻明主，歌舞隘春城。」是在「春城」京城之中，所指「妙算干戈止，神謀宇宙清」正是以《仁王經》擊退外患之事。

　　大曆十才子深受王維詩歌影響，王維詩歌之中也多有「春城」之語，基本上多是朝廷中的核心文人團體，在京城中對於人生哲理，願與天地同在的感懷，以此安頓身心。真正推崇的是對於唐代宗治理的長安予人一種天下太平，歌舞昇平的意象，這對於穩定民心，是具有正面經世功用的。

四　小結

　　本文以《仁王護國般若波羅蜜多經》與唐詩原文為本，討論唐代宗時期朝廷中央推廣佛教信仰對於國家與文學的經世功用，可得見唐代宗受到宰相王縉與元載等人的影響，加上唐皇朝經歷多起京城被攻陷的危難，在巨大的危難之下，朝廷與百姓都需要心靈與精神的寄託，此時佛教思想與生活就深深的植入京城百姓與權力核心人物的心靈之中，這樣的信仰除了對舉朝百姓創傷心靈的轉移與修復，發揮了深切的作用外，更具有與外邦透過共同

信仰文化溝通減緩衝突，及勸募地方財力歸於中央，確實發揮安定內憂外患的政治功用。

關於戰亂之中朝廷誦讀《仁王經》儀軌退夷狄的神蹟，在後世史學家看來近乎荒唐，但是如果設身處地思考，在朝廷對外敵無能為力之時，佛教儀軌的安定作用確實是有功效的。因為要達到安定民心之作用，所翻譯與創作的《仁王經》儀軌，皆是具有韻文之美的文章，有利於傳唱與念誦。

朝廷中央對於佛教思想義理的推廣，期待藉此化解內憂與外患，事實上，當時吐蕃的統治者也是唐朝公主所出，代宗企圖以吐蕃所信仰的佛教經典化解雙方的對立，加上對內化解攻伐之氣，移民化俗，並且以柔性方式收歸地方財力。上行下效，朝廷所任用的官員多是以「出世」情懷「入仕」，效法王維的禪風思想大隱隱於朝。以「出世」吟詠的詩風雨與作為，行「入仕」經世濟民的作為。

唐代宗時期屬於主流文風的大曆十才子，由於在京城之中受宰相與君王影響，其創作的詩歌中也多受王維詩中禪風之影響，將佛教生活與思維融入詩歌之中，影響詩歌的意境。這樣的重視佛教義理的風氣被加以應用，並發揮重大的功用，一直影響到憲宗朝，卻也導致護衛傳統儒家思想的儒士開始反對。韓愈是最有名的代表，提出了朝廷的迷信宗教給予寺廟與僧侶的特權，影響到社會公平性與經濟民生，導致韓愈因為對這股崇佛主流風氣被貶謫，唐憲宗時被貶有〈左遷至藍關示姪孫湘〉：「一封朝奏九重天，夕貶潮陽路八千。欲為聖明除弊事，肯將衰朽惜殘年！雲橫秦嶺家何在？雪擁藍關馬不前。知汝遠來應有意，好收吾骨瘴江

邊。」[40]這些佛道儒的衝突終究發生了，並導致唐武宗時期發起滅佛運動。可以進一步深思，這樣的運用宗教安慰心靈與安定民心，以詩歌傳播對於當時朝野的影響之巨大，才會造成日後韓愈不得不出來阻止與疾呼，唐武宗不得不滅佛終轉變影響文學中所表達的風格。

　　在史官的嚴厲評論下，本文希望可以關注與翻案的是這樣傾向於禪風看似無關經世濟民的詩歌，事實上是詩人希望藉由宗教的力量結合傳統儒道的思想，安頓戰亂後動盪不安的民心與國政，確實達到了經世功用，大曆時期是安史亂後唐朝真正休養生息的時代。

40　王全等編：《全唐詩》，卷344，冊10，頁3860。

第三章
蘇軾對陶淵明「影」的轉化
──以烏臺詩案發生前的詩作為例[1]

一 前言

　　陶淵明釋〈形影神〉一詩對「形」、「影」、「神」三字的定義，為後代詩人所轉化，影字已不是單純字面上的意義。陶淵明五言詩作〈形影神〉詩「形」、「影」與「神」，分別代表「身體的長壽」、「自我的期許」與「精神的自由」，成為後代詩人詩歌創作中「形」、「影」、「神」三字的意旨。

　　本文以陶淵明〈形影神〉詩中「形」、「影」與「神」所分別代表「身體的長壽」、「自我期許的立功」與「精神的自由」的思辯，詮釋蘇軾在烏臺詩案發生前，詩中如何轉化陶淵明詩中的「影」，成為自己詩歌之中表態為國家朝廷「立功」的「自我的期許」。「以烏臺詩案發生前的詩作為例」，可以進一步由詩中暸解蘇軾積極的自我期許，暸解蘇軾所以勇於批評朝政，不畏權威的論政精神思想與理想。

　　蘇軾對陶潛有很高的評價，是歷來研究蘇軾詩詞文所不可忽視的。蘇軾有一百零九篇和陶詩，其中〈和陶形贈影〉、〈和陶影

1　本章論文收於《會通與轉化──第二屆國際學術研討會論文集》（臺北市：東吳大學，2013年7月），頁97-118。

答形〉、〈和陶神釋〉三首可以總結這些和陶詩精神所在，蘇軾在
這兩首詩歌中明確地顯現出對於陶淵明詩歌中「影」字的轉化，
可見蘇東坡與陶淵明詩歌會通之處。本文由〈和陶形贈影〉、〈和
陶影答形〉、〈和陶神釋〉二詩著手，先分別探論與比較陶淵明與
蘇軾對「形」、「影」、「神」的詮釋，釐清「影」字的意義。再深
入論述蘇軾詩歌中「影」字所代表的「自我期許」意義，以得到
蘇軾烏臺詩案發生前對於自我立功期許的生命哲學。

二　陶淵明與蘇軾對「形」、「影」、「神」的詮釋

　　〈形影神〉詩是陶淵明在晉義熙九年時作，陶淵明此時經歷
喪妻，前秦苻堅淝水之戰企圖滅晉。母親孟氏去世，喪妹作〈歸
去來兮辭〉，從弟敬遠的喪生，都讓陶淵明對於「形」的有限生
命有了深刻而痛苦的體認，對於桓溫廢司馬奕，立會稽王司馬昱
為簡文帝，殺海西公三子及司馬宗室，又殺殷、庾兩世家三百餘
口，多變的世局與紛亂的局面讓人感到「影」的無法實現，有感
而作〈形影神〉三首。[2]

　　晉安帝義熙四年（西元408年）陶淵明遭遇火災時有〈戊申
歲六月中遇火詩〉[3]詩中描寫一夕之間，所有東西焚毀，對於四

2　（晉）陶潛撰、龔斌校箋：《陶淵明集校箋》（上海市：上海古籍出版社，
　　2009年4月），頁504-528。陶淵明生卒年年譜對於陶淵明生年與〈形影神〉作
　　品創作年代有多種說法，此處取龔斌校箋《陶淵明集校箋》生於西元三六九
　　年，卒於西元四二六年說法。尚有晉哀帝興寧三年（西元365年），晉穆帝永
　　和八年（西元352年）。

3　陶淵明〈戊申歲六月中遇火詩〉:「草廬寄窮巷，甘以辭華軒。正夏長風急，
　　林室頓燒燔。一宅無遺宇，舫舟蔭門前。迢迢新秋夕，亭亭月將圓。果菜始

十年的形體生命，將如有形物體般隨著時間幻化，感觸深刻，詩中「形跡憑化往，靈府長獨閑」，已經論及有形的「形」的難以長久不滅，「靈府」與「神」所指精神的自由意義相近。

　　陶淵明晉安帝義熙九年（西元413年）所作〈形影神〉序言：

　　　　貴賤賢愚，莫不營營以惜生，斯甚惑焉！故極陳「形」、
　　　　「影」之苦，言「神」辯自然以釋之，好事君子，共取其
　　　　心焉。[4]

序言中明言：「形」、「影」是苦的，只有體悟出追求精神自然的「神」才能解除侷限於有限形體壽命的「形」與自我立功立名期許的「影」所帶來的無邊痛苦。

　　在〈形贈影〉詩中記載「形」對「影」說明自己的痛苦：

　　　　天地長不沒，山川無改時。草木得常理，霜露榮悴之。謂
　　　　人最靈智，獨復不如茲。適見在世中，奄去靡歸期。奚覺
　　　　無一人，親識豈相思。但餘平生物，舉目情悽洏。我無騰
　　　　化術，必爾不復疑。願君取吾言，得酒莫苟辭。[5]

陳述「形」的痛苦在於人的形體生命，永遠無法像天地、山川般

復生，驚鳥尚未還。中宵佇遙念，一盼周九天。總髮抱孤介，奄出四十年。形跡憑化往，靈府長獨閑。貞剛自有質，玉石乃非堅。仰想東戶時，餘糧宿中田。鼓腹無所思，朝起暮歸眠。既已不遇茲，且遂灌我園。」《陶淵明集校箋》，頁199。

4　（晉）陶潛撰、龔斌校箋：《陶淵明集校箋》，頁59。

5　（晉）陶潛撰、龔斌校箋：《陶淵明集校箋》，頁59。

長久，最終將如同草木有枯萎死亡之時，陶淵明在周圍的親友一
一逝去之時，感傷自己無「騰化術」挽回親屬的形體，只能飲酒
消愁。詩中說明了「形」對「影」感傷壽命的有限，唯有留下聲
名的「影」可以永遠留存。

在〈影答形〉中就說明：

> 存生不可言，衛生每苦拙。誠願遊崑華，邈然茲道絕。與
> 子相遇來，未嘗異悲悅。憩蔭若暫乖，止日終不別。此同
> 既難常，黯爾俱時滅。身沒名亦盡，念之五情熱。立善有
> 遺愛，胡為不自竭。酒云能消憂，方此詎不劣。[6]

詩中引用《莊子》中所言：「世之人以為養形足以存生；而養形
果不足以存生，則世奚足為哉」，[7]感歎「存生」、「衛生」皆不
易，不論如何努力，「養形」都難以達到長生不死，所以世人追
求「影」，即是「名」。

〈影答形〉對於當時士大夫的文風「正始明道，詩雜仙心」
[8]提出反問，認為只有努力經世濟民才是永恆有用的。

陳寅恪〈陶淵明之思想與清談之關係〉中也說：

---

6 （晉）陶潛撰、龔斌校箋：《陶淵明集校箋》，頁62。

7 《莊子》〈達生〉：「達生之情者，不務生之所無以為；達命之情者，不務知
之所無奈何。養形必先之以物，物有餘而形不養者有之矣；有生必先無離
形，形不離而生亡者有之矣。生之來不能卻，其去不能止。悲夫！世之人以
為養形足以存生；而養形果不足以存生，則世奚足為哉！」（周）莊周撰、
錢穆纂箋《莊子纂箋》（臺北市：東大圖書公司，2004年5月），頁147。

8 劉勰：「正始明道，詩雜仙心，何晏之徒，率多浮淺。唯嵇志清峻，阮旨遙
深，故能標焉。若乃應璩百一，辭譎義貞，亦魏之遺直也」（南朝梁）劉勰
撰：《文心雕龍》〈明詩〉（臺北市：世界書局，2009年9月），頁18。

此託為主張名教者之言，蓋長生既不可得，則惟有立名即立善可以不朽，所以期精神上之長生，此正周、孔名教之義，與道家自然之旨迥殊，何曾、樂廣所以深惡及非笑阮籍、王澄、胡母輔之輩也。[9]

認為陶淵明〈形影神〉中「影」字所指為「立功」、「立名」之意，因為長生不可能，所以唯有立名可以不朽。

在〈神釋〉中就說明：

大鈞無私力，萬理自森著。人為三才中，豈不以我故。與君雖異物，生而相依附。結託善惡同，安得不相語。三皇大聖人，今復在何處？彭祖愛永年，欲留不得住。老少同一死，賢愚無復數。日醉或能忘，將非促齡具？立善常所欣，誰當為汝譽？甚念傷吾生，正宜委運去，縱浪大化中，不喜亦不懼，應盡便須盡，無復獨多慮。[10]

所言為「神」與「形」、「影」雖生而異物，卻共生共存，對有限壽命的「形」而言，是不可能長存不滅的，長壽如「彭祖」也是不得永生；既然都會死亡「賢愚」、「立善」的自我期許「影」也是沒有必要在乎的，所以順著自然的變化，讓精神自由，才是真正應該有的思維。

三首詩的結論在「神釋」，因為天下萬物的變化不是個人所

9　陳寅恪：《陳寅恪先生論文集》（臺北市：九思出版社，1977年6月），頁1030。

10　（晉）陶潛撰、龔斌校箋：《陶淵明集校箋》，頁65。

可以改變的，無論對於「形」的壽命追求，或「影」的立名追逐，最終都不能隨心的得到。人之所以居於天、地、人中立足，是因為有「神」，所有賢達聖能之士，無一得以存「形」得壽不死，或許飲酒後可以暫忘，但是這反而加速死亡「形滅」而已。「影」的立善，也不是真的能得到史學家或他人的稱美。所以要順應精神自然所至，追求自己精神的絕對自由，順變於大自然的變化之中，不要以外物的喜懼為喜懼，才能得到真正的自由與養生意義。

周密《齊東野語》卷九云：

> 靖節作形影相贈，〈神釋〉之詩，謂貴賤賢愚，莫不營營惜生，故極陳形、影之苦，而以神辨自然以釋其惑。〈形贈影〉曰：「願君取吾言，得酒莫苟辭。」〈影答形〉曰：「立善有遺愛，胡可不自竭？」形累養而欲飲，影役名而求善，皆惜生之惑也。神乃釋之曰：「大鈞無私力，萬理自森著；人為三才中，豈不以我故！」此神自謂也。又曰：「日醉或能忘，將非趣齡具。」所以辨養之累。又曰：「立善常所忻，誰當與汝譽？」所以解名之役。然亦僅在趣齡與無譽而已。設使為善見知，飲酒得壽，則亦將從之耶？於是又極釋曰：「縱浪大化中，不喜亦不懼。應盡便須盡，無復獨多慮。」此乃不以死生禍福動其心，泰然委順，乃得神之自然。[11]

---

11 （宋）周密：《齊東野語》（臺北市：廣文書局，2012年1月），卷9，頁125。

歐麗娟等人所著《歷代詩選註》注意到周密《齊東野語》中的論述，以此評論〈神釋〉一詩，認同「神」所代表對自然追求的自由精神是陶淵明〈形影神〉詩最後的歸屬與認同點，所以要「縱浪大化中，不喜亦不懼。應盡便須盡，無復獨多慮。」是整首詩最後的結論。

　　陶淵明〈形影神〉詩，論辯的結論在〈神釋〉一詩，在追求精神的自然，不只是「影」的立功不朽。只是追求「神」的精神自由是為了養「形」的長壽，長壽又是為了「影」得以立名。蘇軾會通陶淵明〈形影神〉詩對於「形」、「影」、「神」的定義後，轉化至蘇軾詩中成為對「影」，充滿著自我期許追求的辛苦與感傷，成就蘇軾詩歌中揮之不去的「影」。

　　蘇軾（1037-1101），宋代嘉祐二年（1057）二十一歲時，應試禮部舉進士，母親程氏卒於眉山，奔喪歸里。治平二年（1067）三十一歲時，妻王弗卒。治平三年（1068）三十二歲時，父親卒，再次奔喪歸里。熙寧五年（1072）三十六歲，因反對新法而求離開，至杭州任通判，移知密州、徐州、湖州。元豐二年（1079）四十三歲時，發生烏臺詩案入獄。一生經歷了朝廷的起落變化，不禁也有無盡的感慨。

　　對於「形體」的有限生命與追求理想「影」所遭遇的艱險，危害到「形體」的壽命與「神」的自由，蘇軾是有深刻體認的。

　　蘇軾在宋哲宗紹聖五年（1098）六十三歲時，被貶至昌化（瓊州，廣南西路），在經歷了眾多的政治打擊之後，有〈和陶形影神詩〉、〈和陶形贈影〉：

　　　　天地有常運，日月無閒時。孰居無事中，作止推行之。細

　　察我與汝，相因以成茲。忽然承物化，豈與生滅期。夢時
　　我方寂，憪然無所思。胡為有哀樂，輒復隨漣洏。我舞汝
　　凌亂，相應不少疑。還將醉時語，答我夢中辭。[12]

此詩除和陶淵明作品外，也會通了李白〈月下獨酌〉[13]的精神。
蘇軾此作說明自己的「形」體的壽命與「影」自我期許在天地之
間忽然物化而成，卻因形體的壽命有盡，更加期望自我立功的期
許可以達成，留存下來。「夢時我方寂，憪然無所思」，對與
「影」的無法割捨，無一刻停止，只有睡夢中才可以暫時放下，

12　（宋）蘇軾：《蘇文忠公詩編註集成》（臺北市：臺灣學生書局，1967年5
　　月），卷42，頁3538-3539。

13　以醒醉之間形容「形」與「影」在李白〈月下獨酌〉中也能見到，李白將
　　「影」與「國君」、「現實中的自己」對立成矛盾的三人。其一「花間一壺酒，
　　獨酌無相親。舉杯邀明月，對影成三人。月既不解飲，影徒隨我身。暫伴月
　　將影，行樂須及春我歌月徘徊，我舞影零亂。醒時同交歡，醉後各分散。永
　　結無情遊，相期邈雲漢。」（唐）李白撰、瞿蛻園等校注：《李白集校注》（臺
　　北市：里仁書局，1981年3月），頁1331。「花間一壺酒」，中的「花」指的是
　　京城中的「士子」，《楚辭》以蘭比君子後，「花」在詩中的意義就可以多樣
　　化，在眾人之中「獨酌無相親」的原因，正是因為沒有人可以瞭解李白立
　　功、立名的自我期許。「舉杯邀明月，對影成三人」二句李白所真正在意的
　　是「國君」的不瞭解，「月」在李白詩中所代表的君王意義，顯而可見的有
　　〈靜夜思〉：「牀前看月光，疑是地上霜。舉頭望山月，低頭思故鄉」（《李白
　　集校注》，頁443），正是仰望君王，卻不得君王理解，與君王的理念相隔遙
　　遠，無法完成自我立功期許之時，興起不如歸去之感。「舉杯邀明月，對影
　　成三人」，二句表達出「國君的理念」、「自我的期許」與「現實中的自己」
　　三者的對話，「月既不解飲，影徒隨我身」二句寫出「國君」不瞭解「現實
　　中的李白」為何飲酒買醉，「現實中的李白」又無法忘記「對自我的期許」，
　　只有在醉後才能「暫伴月將影」，忘記一切的矛盾與辛苦，及時行樂，忘記
　　苦痛。「醒時同交歡」之時卻是「我歌月徘徊，我舞影零亂」相互影響與調
　　適難以契合之時。然而「國君的理念」、「自我的期許」與「現實中的自己」
　　相契合之時，應當是「永結無情遊，相期邈雲漢」的遙不可及之時。

「胡為有哀樂，輒復隨漣洏」，因為「影」的不能實現，在睡夢中卻不需哀樂就不自覺流下淚來。「我舞汝凌亂，相應不少疑」醒時，形體汲汲營營想要有所作為，卻行拂亂其所為，對於現實難以完成「自我期許」，有著懷疑真是非存在的辛苦。

在〈和陶影答形〉中表明自己一直以來的想法：

> 丹青寫君容，常恐畫師拙。我依月燈出，相肖兩奇絕。妍
> 媸本在君，我豈相媚悅。君如火上煙，火盡君乃別。我如
> 鏡中像，鏡壞我不滅。雖云附陰晴，了不受寒熱。無心但
> 因物，萬變豈有竭。醉醒皆夢耳，未用議優劣。[14]

以自我期許的「影」告知外在形體壽命的「形」，「丹青寫君容，常恐畫師拙」，二句寫人們常在乎外在形體的美醜，但外人對形體外在的評價與看法卻不是真正的自己自我期許，「我依月燈出，相肖兩奇絕」二句寫只有在月下獨思之時，看到的影，才是真正的自我期許。「妍媸本在君，我豈相媚悅」寫出的是一般人只看到外在形體的美與醜，偏偏自我期許的「影」卻無法趨炎附勢隨凡人認定的美惡之路行之。「君如火上煙，火盡君乃別」二句寫「影」答「形」說明形體的壽命有限，但是「我如鏡中像，鏡壞我不滅」自我期許的「影」是不會變的。最後寫自我期許雖有失落之時，卻不會因外在而改變，但仍是依附在形體之下實現，一切如佛家中所言「夢幻泡影」皆是夢罷了。

蘇軾在宋哲宗紹聖五年（1098）六十三歲時，於昌化（瓊州，

14　（宋）蘇軾：《蘇文忠公詩編註集成》，卷42，頁3539。

廣南西路）所作〈和陶神釋〉中，以尊從自然的「神」回「形」
與「影」：

> 二子本無我，其初因物著。豈惟老變衰，念念不如故。知
> 君非金石，安得長託附。莫從老君言，亦莫用佛語。仙山
> 與佛國，終恐無是處。甚欲隨陶翁，移家酒中住。醉醒要
> 有盡，未易逃諸數。平生逐兒戲，處處餘作具。所至人聚
> 觀，指目生毀譽。如今一弄火，好惡都焚去。既無負載
> 勞，又無寇攘懼。仲尼晚乃覺，天下何思慮。[15]

以精神上的自然為最高追求境界，論說形體的本身與自我的期
許，本不存在於自然之中，瞭解到形體與自我期許所得到的名聲
是不可能永久長存的，也不是修習道教或佛教可以讓二者長存。
無論醒著看到的「形」或醉時忘記「形」而看到的「影」都是有
所盡的，「所至人聚觀，指目生毀譽」二句更是指「形」與
「影」的動輒得咎，只有精神上的自由才是沒有負擔的自由。

　　對於陶淵明〈形影神〉詩，歐麗娟等人主編的《歷代詩選
註》中解釋「形影神詩」時也認為：

> 本組詩共有三首。其一為〈形贈影〉，其二為〈影答形〉，
> 約作於東晉安帝義熙九年（西元413年），淵明四十九歲之
> 時。詩運用寓言形式，透過形、影、神之對話，極力陳述
> 形、影之苦，終以神辨明自然之理，以消解世俗人之疑惑。

15　（宋）蘇軾：《蘇文忠公詩編註集成》，卷42，頁3539-3540。

時名僧慧遠作〈形影神不滅論〉、〈佛影銘〉，宣揚神形分離，各自獨立之主張，淵明遠取莊子主張冥合自然，渾同造化之精髓，並有感於晉宋之際主張「名教」說和「自然」說之異言異行，故轉以道家自然觀為立論之本，闡明自然委運之理，以與天地並生，與萬物合一。詩具鮮名之哲理性格與思辨色彩，不僅體現淵明的生命哲學觀，亦是理解其時士大夫之人生觀念、生命意義之極關鍵處。[16]

說明「形」、「影」、「神」代表了不同的生命哲學，各自的主張與代表的道家養生觀念。「形」、「影」是苦的，只有「神」才能與天地並生。但是陶淵明〈形影神〉詩引起後代共鳴的，最主要的還在於他的「影」字。蘇軾在詩歌中多處「影」字，都使得詩歌所包含的精神與意義更深刻。

三　蘇軾詩中「影」字的自我期許

本文先就元豐二年，烏臺詩案以前蘇軾對於「影」字的會通與轉化深入分析，期望瞭解蘇軾在政治朝廷所堅持的入世思想。

蘇軾在宋仁宗嘉祐四年（1059），二十四歲時在忠州，夔州路有〈望夫臺〉之作，詩云：

山頭孤石遠亭亭，江轉船回石似屏。可憐千古長如昨，船去船來自不停。浩浩長江赴滄海，紛紛過客似浮萍。誰能

---

16 歐麗娟、鄭文惠等撰：《歷代詩選注》，頁198-199。

坐待山月出，照見寒影高伶俜。[17]

末二句的「誰能坐待山月出，照見寒影高伶俜」，「月」會通為國君，「影」會通為「自我期許」，所指即期待國君英明，能夠重用自己的長才，得以舒展自己不為世所知的自我期許，因為不為世所知，所以「寒」孤冷，所以「高」清高，所以「伶俜」無依偎。其此詩是蘇軾嘉祐二年（1057）因母喪回鄉後，二次赴京途中之作，準備參加策論考試，期待有所作為的作品。

宋神宗熙寧三年（1070），蘇軾三十五歲在開封有〈綠筠亭〉一詩：

愛竹能延客，求詩剩掛牆。風梢千蠹亂，月影萬夫長。
谷鳥驚棋響，山蜂識酒香。只應陶靖節，會聽北窗涼。[18]

此詩為蘇軾為梁處士居所「綠筠亭」所作，詩中之「影」指的是月光照耀之下，竹影萬夫長也就是自我如竹有節般的清高節操，可以展露無遺。詩末「只應陶靖節，會聽北窗涼。」有宋人施元之注：「晉陶潛傳：嘗言夏月虛閑，高臥北窗之下，清風颯至自謂羲皇上人。」更可看出此詩中轉化陶淵明自我期許高操高臥北窗之下的意境。

宋神宗熙寧四年（1071），蘇軾三十六歲在陳州所作〈次韻子由柳湖感物〉：

17　（宋）蘇軾：《蘇文忠公詩編註集成》，卷1，頁1565-1566。
18　（宋）蘇軾：《蘇文忠公詩編註集成》，卷6，頁1770。

憶昔子美在東屯，數間茅屋蒼山根。嘲吟草木調蠻獠，欲
與猿鳥爭啾喧。

子今憔悴眾所棄，驅馬獨出無往還。惟有柳湖萬株柳，清
陰與子供朝昏。

胡為譏評不少借，生意凌挫難為繁。柳雖無言不解慍，世
俗乍見應憮然。

嬌姿共愛春濯濯，豈問空腹修蛇蟠。朝看濃翠傲炎赫，夜
愛疏影搖清圓。

風翻雪陣春絮亂，蠹響啄木秋聲堅。四時盛衰各有態，搖
落悽愴驚寒溫。

南山孤松積雪底，抱凍不死誰復賢。[19]

對於新黨得勢的時局，有「朝看濃翠傲炎赫，夜愛疏影搖清圓」
二句與「子今憔悴眾所棄，驅馬獨出無往還」呼應，以柳感物，
悟出「獨出」的子由如同夜半「疏影」中自我不變的立名期許，
必將「南山孤松積雪底，抱凍不死誰復賢」。

宋神宗熙寧四年（1071），這段時期蘇軾還有〈初到杭州寄
子由二絕〉之一：

眼看時事力難勝，貪戀君恩退未能。遲鈍終須投劾去，使
君何日換聾丞。[20]

19　（宋）蘇軾：《蘇文忠公詩編註集成》，卷6，頁1786-1787。

20　（宋）蘇軾：《蘇文忠公詩編註集成》，卷6，頁1832。

呼應此詩「子今憔悴眾所棄，驅馬獨出無往還」之意，卻仍是「夜愛疏影搖清圓」，不肯放棄自我期許。

宋神宗熙寧九年（1076），蘇軾四十一歲在密州作〈立春日病中邀安國仍請率禹功同來僕雖不能飲當請成伯主會某當杖策倚几於其間觀諸公醉笑以撥滯悶也二首之一〉：

> 孤燈照影夜漫漫，拈得花枝不忍看。白髮敧簪羞彩勝，黃者煮粥薦春盤。東方烹狗陽初動，南陌爭牛臥作團。老子從來興不淺，向隅誰有滿堂歡。[21]

此詩作於熙寧變法之時，蘇軾對於朝政有深切的憂心，「孤燈照影夜漫漫，拈得花枝不忍看」二句是全詩的主要意境，因為與朝廷變法主張不同，所以用「孤」字，因為自己對於朝廷欲有所作為的自我期許，與現在自己所能實現的不成比例，所以用「殘」字的支離破碎感形容「影」。「白髮敧簪羞彩勝，黃者煮粥薦春盤，東方烹狗陽初動，南陌爭牛臥作團」四句寫立春節氣的歡樂景象，[22]自己卻獨自一人病中不能飲「一人向隅，滿坐不樂」。

宋神宗元豐元年（1078），蘇軾在徐州所作〈文與可有詩見寄云待將一段鵝溪絹掃取寒梢萬尺長次韻答之〉：

---

21 （宋）蘇軾：《蘇文忠公詩編註集成》，卷14，頁2143-2144。

22 （宋）蘇軾：《蘇文忠公詩編註集成》：「馮註《玉燭寶典》：新正十五日，作者粥以祠門戶，《風土記》：月正元日，五羹鍊形註五辛，所以助發五臟氣也。《四時寶鑑》：唐人立春日作春餅生菜號春盤、馮註：論衡立春日為土象人，男女各二秉未把鋤，或立土象牛，順氣應時示率下也。」卷14，頁2143-2144。

為愛鵝溪白繭光，掃殘雞距紫毫芒。世間那有千尋竹，月落庭空影許長。[23]

此係回覆文與可詩歌之往返詩作，蘇軾對於文與有詩中所說萬尺竹的存在提出了疑問，說明文與可所說的萬尺竹是不可能存在，更不可能畫出的；文與可回信說世間真的沒有萬尺竹。[24]

蘇軾再回詩說明萬尺竹是可能存在的，只有「竹影」可能萬尺長。言外之意，「竹」字所指為「忠臣的志節」，「月落」所指為國君的枉駕前來，用一「空」字所代表的是有足夠空間發展。「影許長」所指為自我期許可以是孤高萬尺之竹。

宋神宗元豐元年（1078），蘇軾四十三歲在徐州有〈中秋月寄子由三首〉，這首詩的創作背景是在中秋節時，蘇軾憶及前一年熙寧九年所寫〈水調歌頭〉，再次抒發國君不能讓自己達成自我期許的無奈。

〈水調歌頭〉一詞，詞序：「丙辰中秋，歡飲達旦，大醉。作此篇，兼懷子由。」所言「歡飲」二字，熙寧九年（1076）六月，王安石因子王雱病逝。十月，王安石第二次罷相避居金陵。蘇軾對於熙寧變法可能廢行抱著期望，在詞意之中表達出對於歸去朝廷，完成「影」自我期許可行的期待。

---

23 （宋）蘇軾：《蘇文忠公詩編註集成》，卷16，頁2293。
24 （宋）蘇軾：《蘇文忠公詩編註集成》：「王註：〈篔簹谷偃竹記〉云：余為徐州與可以書遺，余書尾復寫一詩，其署曰：擬將一段鵝溪絹，掃取寒梢萬尺，余謂與可竹長萬尺，當用絹二百五十疋，知公倦於筆研，願得此絹而已，與可無以答，則曰：吾言妄矣，世豈有萬尺竹哉，余因而實之答其詩云云。」卷16，頁2293。

明月幾時有，把酒問青天。不知天上宮闕，今夕是何年。
我欲乘風歸去，又恐瓊樓玉宇，高處不勝寒。起舞弄清
影，何似在人間。　　　轉朱閣，低綺戶，照無眠。不應有
恨，何事長向別時圓。人有悲歡離合，月有陰晴圓缺，此
事古難全。但願人長久，千里共嬋娟。[25]

此詞在王安石罷相的背景之下，會通之意為「明月幾時有，把酒
問青天」問蒼天，英明的國君何日才會再現；「不知天上宮闕，
今夕是何年。」不知朝廷今日是怎樣的局勢，[26]「我欲乘風歸
去，又恐瓊樓玉宇，高處不勝寒。」寫出蘇軾想要順著政風變動
之際歸去，但是又擔憂朝廷之中，新法成員的攻訐。所以「起舞
弄清影，何似在人間」，這個「弄清影」指的就是檢視自己不變
的自我期許，雖然在野卻未曾動搖。

　　一轉「轉朱閣，低綺戶，照無眠」所指即為月光照入屋中，
所想見的君王卻未能枉駕前來，所以無法入睡，與李白〈靜夜
思〉中「床前看月光，疑是地上霜。舉頭望山月，低頭思故
鄉。」[27]寓意自己不得君王重用，進退兩難的心境相同。「不應有

25　（宋）蘇軾撰、龍榆生校箋：《東坡樂府箋》（臺北市：華正書局，1974年6
　　月），卷1，頁136。

26　（漢）毛亨傳、鄭玄箋、（唐）孔穎達疏：《毛詩正義》：「綢繆束薪，三星在天。
　　今夕何夕？見此良人。子兮子兮！如此良人何！綢繆束芻，三星在隅。今夕何
　　夕？見此邂逅。子兮子兮！如此邂逅何？綢繆束楚，三星在戶。今夕何夕？見此
　　粲者。子兮子兮！如此粲者何！」（臺北市：藝文印書館，2007年8月），卷6之
　　2，頁222-223。詩中「今夕何夕」寫的正是在國家風雨飄搖之際，與夫婿一同奮
　　鬥之語。

27　王全等編：《全唐詩》，卷165，頁1709。

恨，何事長向別時圓。」正是因為心中有恨，所恨是在此佳節，兄弟不能相聚，更是君臣不得相合。「人有悲歡離合，月有陰晴圓缺，此事古難全。」所指為人生不如意之事甚多，國君的英明與公正無私更是可遇而不可求。「但願人長久，千里共嬋娟。」期待兄弟二人能有幸遇到英明的國君，共賞太平盛世美景。

　　但是蘇軾雖然瞭解執意施行者是宋神宗，韓琦在宋英宗時反對立宋神宗為太子，而蘇轍與蘇軾被視為歐陽脩與韓琦的支持者，縱使王安石罷相，宋神宗亦無意廢行新法。然而就「影」的自我期許，對於理想的堅持卻永遠不肯放棄。

　　新法的施行，在王安石離去後更是激烈的施行，蘇軾對於自我期許的堅持不忘，於是最終發生了打擊文字批評新法烏臺詩案的文字獄事件。

其一

殷勤去年月，激灩古城東。憔悴去年人，臥病破窗中。
徘徊巧相覓，窈窕穿房櫳，月豈知我病，但見歌樓空。
撫枕三歎息，扶杖起相從。天風不相哀，吹我落瓊宮。
白露入肺肝，夜吟如秋蟲。坐令太白豪，化為東野窮。
餘年知幾何，佳月豈屢逢。寒魚亦不睡，竟夕相嘬嗯。[28]

此詩寫出病中仍與去年相同殷勤期盼月滿佳節的到來，但是在這密州古城之中，仍然未見皎潔明亮的月光，等不到英明國君的到來，寫徘徊於月下，國君卻不知我年復一年的苦苦等待。蘇軾在

28　（宋）蘇軾：《蘇文忠公詩編註集成》，卷17，頁2321-2322。

元豐五年的〈赤壁賦〉中也以明月喻指國君，[29]「月明星稀，烏鵲南飛。」指的是可以輔佐英明國君的賢臣稀少。

「徘徊巧相覓」一語，宋人施元之註此詩也說：「（施註）李太白〈月下獨酌〉詩：我歌月徘徊，我舞影凌亂」[30]認為所引即李白〈月下獨酌〉之意，即是以「月」喻為國君，以「影」喻為自我期許，「醒」與「醉」之間的苦痛。

---

29 蘇軾〈赤壁賦〉：「壬戌之秋，七月既望，蘇子與客泛舟，遊於赤壁之下。清風徐來，水波不興。舉酒屬客，誦明月之詩，歌窈窕之章。少焉，月出於東山之上，徘徊於斗牛之間。白露橫江，水光接天。縱一葦之所如，凌萬頃之茫然。浩浩乎如憑虛御風，而不知其所止，飄飄乎如遺世獨立，羽化而登仙。於是飲酒樂甚，扣舷而歌之。歌曰：『桂棹兮蘭槳，擊空明兮泝流光。渺渺兮予懷，望美人兮天一方。』客有吹洞簫者，倚歌而和之，其聲嗚嗚然：如怨如慕，如泣如訴；餘音嫋嫋，不絕如縷；舞幽壑之潛蛟，泣孤舟之嫠婦。蘇子愀然，正襟危坐，而問客曰：『何為其然也？』客曰：『月明星稀，烏鵲南飛。』此非曹孟德之詩乎？西望夏口，東望武昌。山川相繆，鬱乎蒼蒼；此非孟德之困於周郎者乎？方其破荊州，下江陵，順流而東也，舳艫千里，旌旗蔽空，釃酒臨江，橫槊賦詩，固一世之雄也，而今安在哉？況吾與子漁樵於江渚之上，侶魚蝦而友麋鹿，駕一葉之扁舟，舉匏樽以相屬；寄蜉蝣於天地，渺滄海之一粟。哀吾生之須臾，羨長江之無窮。挾飛仙以遨遊，抱明月而長終。知不可乎驟得，托遺響於悲風。』蘇子曰：『客亦知夫水與月乎？逝者如斯，而未嘗往也；盈虛者如彼，而卒莫消長也。蓋將自其變者而觀之，而天地曾不能以一瞬；自其不變者而觀之，則物於我皆無盡也。而又何羨乎？且夫天地之間，物各有主。苟非吾之所有，雖一毫而莫取。惟江上之清風，與山間之明月，耳得之而為聲，目遇之而成色。取之無禁，用之不竭。是造物者之無盡藏也，而吾與子之所共食（適）。』客喜而笑，洗盞更酌，肴核既盡，杯盤狼籍。相與枕藉乎舟中，不知東方之既白。」（宋）蘇軾撰、（明）茅維編、孔凡禮點校《蘇軾文集》（北京市：中華書局，1986年3月），卷1，頁5。

30 （宋）蘇軾：《蘇文忠公詩編註集成》，卷17，頁2321。

其二

六年逢此月，五年照離別。歌君別時曲，滿座為淒咽。
留都信繁麗，此會豈輕擲。鎔銀百頃湖，掛鏡千尋闕。
三更歌吹罷，人影亂清樾。歸來北堂下，寒光翻露葉。
喚酒與婦飲，念我向兒說。豈知衰病後，空盞對梨栗。
但見古河東，蕎麥花鋪雪。欲和去年曲，復恐心斷絕。[31]

寫中秋佳節六年來只與蘇轍相聚過一回，蘇軾當日別離悲悽之情
仍難以忘懷。

蘇轍所在南京又稱留都，相信繁華依舊，湖水依然清明如
鏡。一轉寫「三更歌吹罷，人影亂清樾。歸來北堂下，寒光翻露
葉。」自己在中秋歌吹之後，感到「人影亂清樾」，言外之意是
「清樾人影亂」，樹蔭遮蔽了自我期許，使得值此中秋佳節更有
衰病之感。

其三

舒子在汶上，閉門相對清。鄭子向河朔，孤舟連夜行。
頓子雖咫尺，兀如在牢扃。趙子寄書來，《水調》有餘聲。
悠哉四子心，共此千里明。明月不解老，良辰難合并。
回頭坐上人，聚散如流萍。嘗聞此宵月，萬里同陰晴。
天公自著意，此會那可輕。明年各相望，俯仰今古情。[32]

---

31 （宋）蘇軾：《蘇文忠公詩編註集成》，卷17，頁2322-2323。
32 （宋）蘇軾：《蘇文忠公詩編註集成》，卷17，頁2323。

更直接寫出與友人在中秋節不能完成自我期許的心情，蘇軾自註：
「舒煥試舉人鄆州」、「鄭僅赴北京戶曹」、「頓起來徐試舉人」、
「今日得趙杲卿書，猶記余在東武中秋所作《水調歌頭》」四位
友人與蘇軾都不能在中秋節相聚，都為了自我期許努力於仕途之
中，「嘗聞此宵月，萬里同陰晴」二句所指即四人都未得國君重，
所以說「天公自著意，此會那可輕。」此中自可見真正的真理。

　　宋神宗元豐二年（1079），蘇軾在徐州有〈月夜與客飲杏花
下〉一詩：

> 杏花飛簾散餘春，明月入戶尋幽人。褰衣步月踏花影，炯
> 如流水涵青蘋。
> 花間置酒清香發，爭挽長條落香雪。山城酒薄不堪飲，勸
> 君且吸杯中月。
> 洞簫聲斷月明中，惟憂月落酒杯空。明朝捲地春風惡，但
> 見綠葉棲殘紅。[33]

此詩也會通李白〈月下獨酌〉轉化陶淵明的「影」字、曹操〈短
歌行〉的「月明星稀，烏鵲南飛」的「月」字、劉禹錫的「花」
字[34]，以「影」解為自我期許，以「月」指為國君之意，以「花」

---

33 （宋）蘇軾：《蘇文忠公詩編註集成》，卷18，頁2382-2383。
34 劉禹錫：《全唐詩》小傳：「劉禹錫，字夢得，彭城人。貞元九年，擢進士第，
　　登博學宏詞科。從事淮南幕府，入為監察御史。王叔文用事，引入禁中，與
　　之圖議，言無不從。轉屯田員外郎，判度支鹽鐵案。叔文敗，坐貶連州刺史，
　　在道貶朗州司馬，落魄不自聊。吐詞多諷託幽遠，蠻俗好巫，嘗依騷人之旨，
　　倚其聲作竹枝詞十餘篇，武陵谿洞間悉歌之。居十年，召還，將置之郎署，
　　以作玄都觀看花詩涉譏忿。執政不悅，復出刺播州。裴度以母老為言，改連
　　州、徙夔、和二州。久之，徵入為主客郎中，又以作重遊玄都觀詩，出分司

字代表「仕宦」者。

在明月的照耀之下，蘇軾想起所思念的國君在遙遠的一方，不得見，眾士子的自我期許無法達成。所以說「褰衣步月踏花影」，只能在此小心的遵循月影的腳步而行，將原本士子的自我期許踏盡。所以在花間置酒與李白意境相同，是在與士子的饗宴之中，有感而發，所以全詩環繞著「月」，對於月是既想「吸」取，卻又「聲斷」，又「憂」心月落。最後二句「明朝捲地春風惡，但見綠葉棲殘紅」更與前文的憂心相呼應。

宋神宗元豐二年（1079），蘇軾在徐州所作〈臺頭寺步月得人字〉：

> 風吹河漢掃微雲，步屧中庭月趁人。湛湛爐香初泛夜，離離花影欲搖春。
> 遙知金闕同清景，想見氈車輾暗塵。回首舊遊真是夢，一簪華髮岸綸巾。[35]

東都，度仍薦為禮部郎中，集賢直學士。度罷，出刺蘇州，徙汝、同二州。遷太子賓客分司，禹錫素善詩，晚節尤精。不幸坐廢，偃蹇寡所合，乃以文章自適，與白居易酬復頗多。居易嘗敘其詩曰：彭城劉夢得，詩豪者也。其鋒森然，少敢當者。又言其詩在處應有神物護持，其為名流推重如此。會昌時，加檢校禮部尚書，卒年七十二，贈戶部尚書。詩集十八卷，今編為十二卷。」〈元和十一年自朗州召至京戲贈看花諸君子〉：「紫陌紅塵拂面來，無人不道看花回。玄都觀裡桃千樹，盡是劉郎去後栽。」〈再遊玄都觀〉（并引）：「余貞元二十一年為屯田員外郎時，此觀未有花。是歲出牧連州，尋貶朗州司馬。居十年，召至京師，人人皆言，有道士手植仙桃，滿觀如紅霞，遂有前篇以志一時之事。旋又出牧，今十有四年，復為主客郎中。重遊玄都觀，蕩然無復一樹，唯兔葵燕麥動搖於春風耳。因再題二十八字，以俟後遊，時大和二年三月。」「百畝庭中半是苔，桃花淨盡菜花開。種桃道士歸何處，前度劉郎今又來。」（王全等編：《全唐詩》，卷365，頁4116）
35　（宋）蘇軾：《蘇文忠公詩編註集成》，卷18，頁2376。

此詩如會通「月」與「影」字之意看來,別有意境。首二句如同曹丕所吟〈燕歌行〉:「秋風蕭瑟天氣涼,草木搖落露為霜,群燕辭歸鵠南翔,念君客遊多思腸。慊慊思歸戀故鄉,君何淹留寄他方?賤妾煢煢守空房,憂來思君不敢忘。不覺淚下沾衣裳,援琴鳴弦發清商。短歌微吟不能長,明月皎皎照我床。星漢西流夜未央,牽牛織女遙相望,爾獨何辜限河梁?」[36]曹丕所限的河梁是與曹操之間的河梁,蘇軾所限的是與神宗之間的距離。

所以首二句寫「風吹河漢掃微雲,步屧中庭月趁人」只有在短暫的時間之內才看得見月光的降臨。接著寫花影搖春之狀,意旨士子們自我期許的經世濟民或許可用於世。希望朝廷之中一切清明,可以得到君王賞賜「氈車」[37],除去一切君臣不相遇的辛苦。

「回首舊遊真是夢,一簪華髮岸綸巾」二句,用晉謝萬與簡文帝共談典故,[38]寫出回首當日與君王談論國事的情景如同一場夢境。

烏臺詩案發生前夕,宋神宗元豐二年(1079),蘇軾在淮水有〈舟中夜起〉之作,詩序:

> 予往在武昌,西山九曲亭上有題一句云:「玄鴻橫號黃槲

---

36 (南朝梁)蕭統編、(唐)李善注:《文選》(臺北市:華正書局,2000年10月),頁391。

37 (唐)李延壽撰:《南史》〈豫章文獻王嶷傳〉:「上大笑,賜以魏所送氈車」,以毛氈做車篷的車子(臺北市:鼎文書局,1985年3月),卷42,頁1065。

38 (唐)房玄齡撰:《晉書》(臺北市:鼎文書局,1987年1月),卷79,頁2086。〈謝萬傳〉:「簡文帝作相,聞其名,召為撫軍從事中郎,萬著白綸巾,鶴氅裘,履版而前,既見,與帝共談移日。」

峴。」九曲亭，即吳王峴山，一山皆槲葉，其旁即元結陂
湖也，荷花極盛。因為對云：「皓鶴下浴紅荷湖。」座客
皆笑，同請賦此詩。

詩云：

微風蕭蕭吹菰蒲，開門看雨月滿湖。舟人水鳥兩同夢，大
魚驚竄如奔狐。
夜深人物不相管，我獨形影相嬉娛。暗潮生渚弔寒蚓，落
月掛柳看懸蛛。
此生忽忽憂患裡，清境過眼能須臾。雞鳴鐘動百鳥散，船
頭擊鼓還相呼。[39]

前四句寫的正是國君變法的意旨照耀著舉朝，所以己身如同「驚
竄」的「大魚」難以避禍。詩中所言「夜深人物不相管，我獨形
影相嬉娛」，正是對於自己形體壽命有限，自我期許無限的省思。
所以說「暗潮生渚弔寒蚓，落月掛柳看懸蛛」，當前局勢如同高
升的暗潮，己身如同沙州上的蚯蚓朝不保夕，如同懸在柳樹上的
蛛網隨風遇危。所以已預知「此生忽忽憂患裡，清境過眼能須
臾」，清境平穩的日子是短暫的，終將遇危遭難。此詩與前一年
所作〈百步洪〉一詩，以水景比喻險惡局勢有異曲同工之意。[40]

39　（宋）蘇軾：《蘇文忠公詩編註集成》，卷18，頁2398。

40　蘇軾〈百步洪〉：「長洪斗落生跳波，輕舟南下如投梭。水師絕叫鳧雁起，亂
　　石一線爭磋磨。有如兔走鷹隼落，駿馬下注千丈坡。斷絃離柱箭脫手，飛電
　　過隙珠翻荷。四山眩轉風掠耳，但見流沫生千渦。嶮中得樂雖一快，何意水

宋神宗元豐二年（1079）〈遊惠山，三首之一〉，蘇州所作：

> 夢裡五年過，覺來雙鬢蒼。還將塵土足，一步漪瀾堂。
> 俯窺松桂影，仰見鴻鶴翔。炯然肝肺間，已作冰玉光。
> 虛明中有色，清淨自生香。還從世俗去，永與世俗忘。[41]

以「一片冰心在玉壺」[42]，形容此心不變之意，寫自己如同「松影」，歲寒不變節的自我立功期許。

宋神宗元豐二年在湖州所作〈城南縣尉水亭得長字〉一詩：

> 兩尉鬱相望，東西百步場。插旗蒲柳市，伐鼓水雲鄉。
> 已作觀魚檻，仍開射鴨堂。全家依畫舫，極目亂紅妝。
> 瀲瀲波頭細，疏疏雨腳長。我來閑濯足，溪漲欲浮床。
> 澤國山圍裡，孤城水影傍。欲知歸路處，葦外記風檣。[43]

全詩除了寫「尉水亭」景色之外，從「瀲瀲波頭細，疏疏雨腳長。我來閑濯足，溪漲欲浮床」四句開始寫自己避居湖州，如同漁父對屈原莞爾而笑，鼓枻而去，乃歌曰：「滄浪之水清兮，可

伯誇秋河。我生乘化日夜逝，坐覺一念逾新羅。紛紛爭奪醉夢裡，豈信荊棘埋銅駝。覺來俯仰失千劫，回視此水殊委蛇。君看岩邊蒼石上，古來篙眼如蜂窠。但應此心無所住，造物雖駛如吾何。回船上馬各歸去，多言譊譊師所呵。」《蘇文忠公詩編註集成》，卷17，頁2355。

41 （宋）蘇軾：《蘇文忠公詩編註集成》，卷18，頁2400-2401。

42 王昌齡〈芙蓉樓送辛漸二首〉：「寒雨連天夜入湖，平明送客楚山孤。洛陽親友如相問，一片冰心在玉壺」、「丹陽城南秋海陰，丹陽城北楚雲深。高樓送客不能醉，寂寂寒江明月心。」王全等編《全唐詩》，卷143，頁1448。

43 （宋）蘇軾：《蘇文忠公詩編註集成》，卷19，頁2440。

以濯吾纓；滄浪之水濁兮，可以濯吾足。」遂去，不復與言以此水洗。在此濁世之中只能於此濯足，卻仍然感到危機四伏。

所以說「澤國山圍裡，孤城水影傍」二句所寫之意，即指自己的「影」自我期許，如同孤城被重重山勢與水澤所孤立。想要完成自我期許，歸鄉的路，似乎遙不可及。

四　小結

蘇軾烏臺詩案發生以前的作品中，也有與陶淵明「影」字無轉化關係者，以「樹影」表達者，如宋仁宗嘉祐六年（1062）於鳳翔所作〈次韻子由岐下詩：短橋〉：

> 誰能鋪白簟，永日臥朱橋。樹影欄邊轉，波光版底搖。[44]

此時蘇軾在宋仁宗的賞識與歐陽脩、韓琦等人的提攜之下，赴大理寺評事簽書鳳翔府節度判官廳公事，尚未有對於自我期許無法達成的感歎。詩中「樹影欄邊轉」此指時間的轉移。

宋英宗治平元年（1064）〈自清平鎮遊樓觀五郡大秦延生仙遊往返四日得十一詩寄子由之僊遊潭〉鳳翔府所作：

> 翠壁下無路，何年雷雨穿。光搖巖上寺，深到影中天。我欲然犀看，龍應抱寶眠。誰能孤石上，危坐試僧禪。[45]

44　（宋）蘇軾：《蘇文忠公詩編註集成》，卷3，頁1670。

45　（宋）蘇軾：《蘇文忠公詩編註集成》，卷5，頁1722-1723。

宋英宗治平元年，韓琦促使宋英宗親政有功，蘇軾在歐陽脩與韓琦的重用之下，「光搖巖上寺，深到影中天」，其中「影」指的只是建築物的倒影，言禪定臨深不懼之理，所指為在變化的朝廷中自我觀心的定力感言。

這一年，蘇軾從大理寺寺丞事簽書鳳翔府節度判官廳公事任，轉殿中丞後還朝，判登聞鼓院，至直史館監掌天子玉食醫藥服御等與天子相關事務。

蘇軾在烏臺詩案前的詩中之影，也有喻指他物之影，如「禽影」，宋仁宗嘉祐六年（1062），二十七歲在〈東湖〉一詩中說：「聞昔周道興，翠鳳棲孤嵐。飛鳴飲此水，照影弄毿毿。至今多梧桐，合抱如彭聃。彩羽無復見，上有鵬搏鶉。」[46]與「縹緲孤鴻影」喻指飛鴻之志。

這個「鴻」與「影」還可以追溯至與陶淵明前期的正始詩歌，如《文心雕龍》〈明詩〉「正始明道，詩雜仙心，何晏之徒，率多浮淺。唯嵇志清峻，阮旨遙深，故能標焉。若乃應璩百一，

---

46 蘇軾〈東湖〉：「吾家蜀江上，江水清如藍。爾來走塵土，意思殊不堪。況當岐山下，風物尤可慚。有山禿如赭，有水濁如泔。不謂郡城東，數步見湖潭。入門便清奧，忧如夢西南。泉源從高來，隨波走涵涵。東去觸重阜，盡為湖所貪。但見蒼石螭，開口吐清甘。借汝腹中過，胡為目眈眈。新荷弄晚涼，輕棹極幽探。飄颻忘遠近，偃息遺珮篸。深有龜與魚，淺有螺與蚶。曝晴復戲雨，戢戢多於蠶。浮沉無停餌，倏忽遽滿籃。絲緡雖強致，瑣細安足戡。聞昔周道興，翠鳳棲孤嵐。飛鳴飲此水，照影弄毿毿。至今多梧桐，合抱如彭聃。彩羽無復見，上有鵬搏鶉。嗟予生雖晚，好古意所。圖書已漫漶，猶復訪僑郯。〈卷阿〉詩可繼，此意久已含。扶風古三輔，政事豈汝諳。聊為湖上飲，一縱醉後談。門前遠行客，劫劫無留驂。問胡不回首，毋乃趁朝參。予今正疏懶，官長幸見函。不辭日游再，行恐歲滿三。暮歸還倒載，鐘鼓已鼝鼝。」《蘇文忠公詩編註集成》，卷3，頁1646。

辭譎義貞，亦魏之遺直也。」[47]，以及嵇康與阮籍的作品中。

　　元豐二年烏臺詩案發生後，蘇軾無論是詩或詞「影」的描寫，更加孤寂與愁絕，如詞作中的〈卜算子〉：

　　　　缺月掛疏桐，漏斷人初靜。唯見幽人獨往來，縹緲孤鴻影。
　　　　驚起卻回頭，有恨無人省。揀盡寒枝不肯棲，寂寞沙州冷。[48]

宋神宗元豐二年（1079），蘇軾在開封御史臺入獄，作有〈御史臺榆槐竹柏四首：槐〉：

　　　　憶我初來時，草木向衰歇。高槐雖驚秋，晚蟬猶抱葉。
　　　　淹留未云幾，離離見疏莢。棲鴉寒不去，哀叫飢啄雪。
　　　　破巢帶空枝，疏影挂殘月。豈無兩翅羽，伴我此愁絕。[49]

以「禽影」、「槐影」自比，所以表達在「缺月」、「殘月」之下，國君的不清明所導致自我期許不能達成。

　　由此可以得到鮮明的結論，在烏臺詩案發生以前，蘇軾除了

47　（南朝梁）劉勰：《文心雕龍》〈明詩〉，頁18。嵇康〈贈兄秀才入軍〉之九：「良馬既閑，麗服有暉。左攬繁弱，右接忘歸。風馳電逝，躡影追飛。凌厲中原，顧盼生姿。」（南朝梁）蕭統編、（唐）李善注《文選》，頁342。寫的是對於嵇喜從軍的期許，「影」字所寫即是對建功沙場的自我期許，阮籍〈詠懷詩〉之一：「夜中不能寐，起坐彈鳴琴。薄帷鑒明月，清風吹我襟。孤鴻號外野，翔鳥鳴北林。徘徊將何見，憂思獨傷心。」（南朝梁）蕭統編、（唐）李善注《文選》，頁322。阮籍的「孤鴻」指的正是自我獨自在野悲鳴的苦痛。

48　（宋）蘇軾撰、龍榆生校箋：《東坡樂府箋》，卷2，頁224。

49　（宋）蘇軾：《蘇文忠公詩編註集成》，卷19，頁2456。

蘇軾嘉祐二年因母喪回鄉後，二次赴京途中之作〈望夫臺〉：「誰能坐待山月出，照見寒影高伶俜。」[50]會通為「自我期許」期待國君英明，能夠重用自己外，所有對於「影」字的感傷都是在新黨執政，變法之後對於自我進退兩難的自我期許感傷。

蘇軾會通陶淵明「形」、「影」、「神」之意後，更進一步轉化其中以「神」為終點的精神自然主旨，轉化成為追求「影」的生命歷程。

蘇軾烏臺詩案以前詩歌中，已可明顯看出與李白〈月下獨酌〉詩歌相同，會通陶淵明詩歌中的「影」字，轉化陶淵明詩歌中屬於儒家思想「立功」的自我期許精神，蘇軾藉由詩歌表達出一生為「影」自我期許，儒家經世濟民努力的中心精神。

與蘇軾詩詞中表面所顯現的老莊思想相較，詩詞中所轉化的「影」字精神才能與蘇軾一生的政治作為與堅持相互契合。

---

50 （宋）蘇軾：《蘇文忠公詩編註集成》，卷1，頁1566。

第四章
蘇軾宋神宗元豐元年的節慶感懷[*]

一　前言

在宋代的皇位爭奪中，從宋太祖奪得柴氏江山後，宋太宗除去三弟光美，太宗太子以瘋疾避世，宋真宗在百般不願下繼承皇位，不久後發生了御駕親征驚心動魄的戰役，立下「澶淵盟約」，即至宋仁宗繼位，因為劉太后垂簾聽政，長期被太后與群臣左右，宋仁宗親政之後，發起了「異論相攪」的黨爭開端，也改革了「西崑體」與「太學體」科舉文風，提拔出蘇軾等如「行雲流水」善於議論的詩文風格。

然而仁宗無後，在英宗要即位時，太后有意繼前朝垂簾聽政，唯全賴韓琦之功，英宗才得以親政，但是英宗即位六年即駕崩，在諸皇子的奪權中，韓琦是反對宋神宗即位的。神宗得到皇位後對這位前朝功臣，雖然封為丞相，卻一切都問副丞相「王安石」，開始展開變法，因此韓琦憤而罷相[1]。

---

* 本章論文發表於《樂山師範學院學報》第29卷第1期（成都市：樂山師範學院，2014年1月），頁9-12。

1 《續資治通鑑》：「己亥，太傅兼侍中曾公亮卒，年八十。帝臨哭，輟朝三日。贈太師、中書令。初謚忠獻，禮官劉摯駁曰：『公亮居三事，不聞薦一士，安得為忠！家累千金，未嘗濟一物，安得為獻！』眾莫能奪，改謚宣靖。及葬，御篆其碑首曰『兩朝顧命定策亞勳之碑』。公亮性吝嗇，殖貨至巨萬。力薦王安石以間韓琦，持祿固寵，為世所譏。」（卷73）

　　蘇軾和蘇轍兄弟與韓琦、歐陽脩等人關係密切，蘇轍還有千古流傳的〈上樞密韓太尉書〉與韓琦是站在同一陣線上，所以極力反對新法的施行。經過了神宗熙寧九年抗辯與反對，新法遇到旱災等天災考驗，鄭俠上〈流民圖〉反遭下獄，王安石罷相後，神宗仍堅持施行新法，蘇軾深深感到力難回天，在元豐二年「烏臺詩案」發生的前夕，蘇軾詩歌中已能見出風雨欲來的深沉感懷。

　　宋神宗元豐元年（1078），蘇軾四十三歲，在尚書祠部員外郎直史館權知徐州軍州事任，有〈百步洪二首〉之作，此詩以水景比喻險惡局勢。

　　序言：「王定國訪余於彭城。一日，棹小舟，與顏長道攜盼、英、卿三子游泗水，北上聖女山，南下百步洪，吹笛飲酒，乘月而歸。余時以事不得往，夜著羽衣，佇立於黃樓上，相視而笑，以為李太白死，世間無此樂三百餘年矣。定國既去逾月，復與參寥師放舟洪下，追懷曩游，已為陳跡，喟然而歎。故作二詩，一以遺參寥，一以寄定國，且示顏長道、舒堯文邀同賦云。」

其一

　　長洪斗落生跳波，輕舟南下如投梭。水師絕叫鳧雁起，亂石一線爭磋磨。
　　有如兔走鷹隼落，駿馬下注千丈坡。斷絃離柱箭脫手，飛電過隙珠翻荷。
　　四山眩轉風掠耳，但見流沫生千渦。嶮中得樂雖一快，何意水伯誇秋河。

　　我生乘化日夜逝，坐覺一念逾新羅。紛紛爭奪醉夢裡，豈
信荊棘埋銅駝。
　　覺來俯仰失千劫，回視此水殊委蛇。君看岩邊蒼石上，古
來篙眼如蜂窠。
　　但應此心無所住，造物雖駛如吾何。回船上馬各歸去，多
言譊譊師所呵。[2]

詩意中即以水滴比喻處境的困難與辛苦，前四句寫人生如同水中
跳波，時間飛逝，卻在他人的呼叫中度過，在亂石中爭一線生
機。接著以躲避鷹擊的兔，形容此生險惡，並以駿馬下千丈坡，
「斷絃離柱」、「飛電過隙」形容時局變化的快速，「四山眩轉風
掠耳，但見流沫生千渦。巇中得樂雖一快，何意水伯誇秋河」四
句寫四方謗語不斷，及所處的險惡環境。終以佛語說明人的一念
之間影響巨大，只有此心的釋放才能安然處此局勢之中。

2　（宋）蘇軾：《蘇文忠公詩編註集成》（臺北市：臺灣學生書局，1967年5月），
　　卷17，頁2354-2358。其二：「佳人未肯回秋波，幼輿欲語防飛梭。輕舟弄水
　　買一笑，醉中蕩槳肩相摩。不學長安閭里俠，貂裘夜走臙脂坡。獨將詩句擬
　　鮑、謝，涉江共採秋江荷。不知詩中道何語，但覺兩頰生微渦。我時羽服黃
　　樓上，坐見織女初斜河。歸來笛聲滿山谷，明月正照金叵羅。奈何捨我入塵
　　土，擾擾毛群欺臥駝。不念空齋老病叟，退食誰與同委蛇。時來洪上看遺跡，
　　忍見屐齒青苔窠。詩成不覺雙淚下，悲吟相對惟羊、何。欲遺佳人寄錦字，
　　夜寒手冷無人呵。」（臺北市：臺灣學生書局，1967年5月），卷17，頁2354-
　　2358。

二 「歸來誰主復誰賓」的寒食感懷

　　「清明節」被歷史賦與介之推期望晉文公清明的忠君意義，並流傳了介之推忠君愛國的諫言詩：「割肉奉君盡丹心，但願主公常清明。柳下做鬼終不見，強似伴君做諫臣。倘若主公心有我，憶我之時常自省。臣在九泉心無愧，勤政清明復清明。」在三月上巳日這樣一個關心國家的節日，因紀念介之推對晉文公的忠諫而立的節日，蘇軾的感懷更深。宋神宗元豐元年（1078）三月上巳日，蘇軾在徐州所作〈寒食日答李公擇三絕次韻〉：

　　其一

　　從來蘇、李得名雙，只恐全齊笑陋邦。詩似懸河供不辦，故欺張籍隴頭瀧。

　　其二

　　簿書鼙鼓不知春，佳句相呼賴故人。寒食德公方上冢，歸來誰主復誰賓。

　　其三

　　巡城已困塵埃眯，執扑仍遭蟻蝨緣。欲脫布衫攜素手，試開病眼點黃連。[3]

3　（宋）蘇軾：《蘇文忠公詩編註集成》（臺北市：臺灣學生書局，1967年5月），卷16，頁2270-2271。

　　此日李常由齊州徙淮南西路提點刑獄，赴任淮南西路提點刑
獄前往見蘇軾，且有〈寒食宴提刑口號〉致語云：

> 良辰易失，四者難並。故人相逢，五斗徑醉。況中年離合
> 之感，正寒食清明之間。時乎不可再來，賢者而後樂此。
> 恭惟提刑學士，才本天授，學為人師。事業存乎斯民，文
> 章蓋其餘事。望之已試於馮翊，翁子暫還於會稽。知府學
> 士，接好鄰邦，締交冊府。莫逆之契，義等於天倫；不腆
> 之辭，意勤於地主。力講兩君之好，可無七字之詩。欲使
> 異時，爭傳盛事。雲間畫鼓疊春雷，千騎尋芳戲馬臺。
> 半道已逢山簡醉，萬人爭看謫仙來。淮西按部威尤凜，歷
> 下懷仁首重回。還把去年留客意，折花臨水更徘徊。[4]

文中提及「況中年離合之感，正寒食清明之間」，結合了「清
明」與「寒食」二語，可見其對於此節日與國君清明的史事，特
別有所感觸。

　　全詩以蘇武與李陵、蘇味道與李嶠、比二人齊名與友好，指
李公擇由齊地來此「陋邦」相聚，招待不周實感失禮。「簿書鼕
鼓不知春，佳句相呼賴故人」，《周禮·地官·鼓人》：「以鼛鼓鼓
役事」，以古代召役事或役事完畢時所打擊的樂器寫公事的煩
忙，聽李公擇論辯如王衍聽郭象論辯，如懸河瀉水得以盡興。二
人論辯情感如同韓退之贈張籍〈病中贈張十八詩〉：「君乃崑崙
渠，籍乃隴頭瀧。」

4　（宋）蘇軾：《蘇文忠公詩編註集成》（臺北市：臺灣學生書局，1967年5
　　月），卷16，頁740-741。

其中「寒食德公方上冢，歸來誰主復誰」，寫出在野的痛苦，與希望有朝一日得以再回歸朝廷的心境。「巡城已困塵埃眯，執扑仍遭蟣蝨緣。」寫《莊子・天運篇》：「播糠眯目，則天地四方易位。」二句寫自己對於繁雜政事的無奈，希望能「欲脫布衫攜素手，試開病眼點黃連」與李公擇論遊，開心中之眼。

三 「月豈知我病」的中秋感懷

中秋節的意義，除了是月圓人團圓的日子外，「月」明與暗的寓意，向為代表著國君的英明與否，從曹操〈短歌行〉的「月明星稀，烏鵲南飛」的「月」字即可明確看出暗指國君。蘇軾在元豐五年的〈赤壁賦〉中也以明月喻指國君，[5]「月明星稀，烏

5　蘇軾〈赤壁賦〉：「壬戌之秋，七月既望，蘇子與客泛舟，遊於赤壁之下。清風徐來，水波不興。舉酒屬客，誦明月之詩，歌窈窕之章。少焉，月出於東山之上，徘徊於斗牛之間。白露橫江，水光接天。縱一葦之所如，凌萬頃之茫然。浩浩乎如憑虛御風，而不知其所止，飄飄乎如遺世獨立，羽化而登仙。於是飲酒樂甚，扣舷而歌之。歌曰：『桂棹兮蘭槳，擊空明兮泝流光。渺渺兮予懷，望美人兮天一方。』客有吹洞蕭者，倚歌而和之，其聲嗚嗚然：如怨如慕，如泣如訴；餘音嫋嫋，不絕如縷；舞幽壑之潛蛟，泣孤舟之嫠婦。蘇子愀然，正襟危坐，而問客曰：『何為其然也』？客曰：『月明星稀，烏鵲南飛。』此非曹孟德之詩乎？西望夏口，東望武昌。山川相繆，鬱乎蒼蒼；此非孟德之困於周郎者乎？方其破荊州，下江陵，順流而東也，舳艫千里，旌旗蔽空，釃酒臨江，橫槊賦詩，固一世之雄也，而今安在哉？況吾與子漁樵于江渚之上，侶魚蝦而友麋鹿，駕一葉之扁舟，舉匏樽以相屬；寄蜉蝣於天地，渺滄海之一粟。哀吾生之須臾，羨長江之無窮。挾飛仙以遨遊，抱明月而長終。知不可乎驟得，托遺響於悲風。』蘇子曰：『客亦知夫水與月乎？逝者如斯，而未嘗往也；盈虛者如彼，而卒莫消長也。蓋將自其變者而觀之，而天地曾不能以一瞬；自其不變者而觀之，則物於我皆無盡也。而又何羨乎？且夫天地之間，物各有主。苟非吾之所有，雖一毫而莫取。惟江上之清風，

鵲南飛」指的是可以輔佐英明國君的賢臣稀少。

　　《古今事文類聚》前集卷十一「坡詞愛君」：

> 東坡居士以丙辰中秋，歡飲達旦，大醉。作《水調歌》，
> 都下傳唱。此詞神宗問內侍外面新行小詞，內侍錄此呈
> 進。讀至「又恐瓊樓玉宇，高處不勝寒。」上曰：「蘇軾
> 終是愛君。」乃命量移汝州。（《復雅歌詞》）

此材料或可助證蘇軾詞中「月」象徵君王，在宋代已經有此理解。

　　蘇軾在宋神宗元豐元年（1078）四十三歲在徐州中秋有感而
作〈中秋月寄子由三首〉：

> 其一
>
> 殷勤去年月，激灩古城東。憔悴去年人，臥病破窗中。
> 徘徊巧相覓，窈窕穿房櫳，月豈知我病，但見歌樓空。
> 撫枕三歎息，扶杖起相從。天風不相哀，吹我落瓊宮。
> 白露入肺肝，夜吟如秋蟲。坐令太白豪，化為東野窮。
> 餘年知幾何，佳月豈屢逢。寒魚亦不睡，竟夕相噞喁。[6]

與山間之明月，耳得之而為聲，目遇之而成色。取之無禁，用之不竭。是造
物者之無盡藏也，而吾與子之所共食（適）。』客喜而笑，洗盞更酌，肴核既
盡，杯盤狼籍。相與枕藉乎舟中，不知東方之既白。」（宋）蘇軾撰、（明）
茅維編、孔凡禮點校：《蘇軾文集》（北京市：中華書局，1986年3月），卷1，
頁5。

6　（宋）蘇軾：《蘇文忠公詩編註集成》，卷17，頁2321-2322。

此詩寫出病中仍期盼月滿佳節的到來，但是在這密州古城之中，仍然未見皎潔明亮的月光，等不到英明國君的到來，寫徘徊於月下，國君卻不知我年復一年的苦苦等待。「徘徊巧相覓」一語，宋人施元之註此詩也說：「李太白〈月下獨酌〉詩：我歌月徘徊，我舞影凌亂。」[7]認為所引即李白〈月下獨酌〉之意，即是以「月」喻為國君，以「影」喻為自我期許，「醒」與「醉」之間的苦痛。在中秋節時，蘇軾特別感受到不能見到君王，直言進諫的痛苦。

其二

六年逢此月，五年照離別。歌君別時曲，滿座為淒咽。
留都信繁麗，此會豈輕擲。鎔銀百頃湖，掛鏡千尋闕。
三更歌吹罷，人影亂清樾。歸來北堂下，寒光翻露葉。
喚酒與婦飲，念我向兒說。豈知衰病後，空盞對梨栗。
但見古河東，蕎麥花鋪雪。欲和去年曲，復恐心斷絕。[8]

寫中秋佳節六年來只與蘇轍才得以與相聚一回，當日別離悲悽之情仍難以忘懷。蘇轍所在留都南京，相信繁華依舊，湖水如同心境依然清明如鏡。

其三

舒子在汶上，閉門相對清。鄭子向河朔，孤舟連夜行。

7　（宋）蘇軾：《蘇文忠公詩編註集成》，卷17，頁2321。
8　（宋）蘇軾：《蘇文忠公詩編註集成》，卷17，頁2322-2323。

頓子雖咫尺，兀如在牢扃。趙子寄書來，《水調》有餘聲。
悠哉四子心，共此千里明。明月不解老，良辰難合并。
回頭坐上人，聚散如流萍。嘗聞此宵月，萬里同陰晴。
天公自著意，此會那可輕。明年各相望，俯仰今古情。[9]

更直接寫出與友人在中秋節不能完成自我期許的心情，蘇軾自
註：「舒煥試舉人鄆州」、「鄭僅赴北京戶曹」、「頓起來徐試舉
人」、「今日得趙杲卿書，猶記余在東武中秋所作〈水調歌
頭〉。」四人與蘇軾都不能在中秋節相聚，「嘗聞此宵月，萬里同
陰晴」二句所指即四人都未得國君重，所以說「天公自著意，此
會那可輕」，此中自可見真正的真理，也道出了對於相聚難得的
感受，第二年也一語成讖各自被貶謫，難以相會。

　　熙寧九年所寫〈水調歌頭〉，再次抒發國君不能讓自己達成
自我期許的無奈。〈水調歌頭〉一詞，詞序：「丙辰中秋，歡飲達
旦，大醉。作此篇，兼懷子由。」所言「歡飲」二字，是蘇軾以
為熙寧變法將廢行抱著期望，在詞意之中表達出對於期待歸去朝
廷之意。

明月幾時有，把酒問青天。不知天上宮闕，今夕是何年。
我欲乘風歸去，又恐瓊樓玉宇，高處不勝寒。起舞弄清
影，何似在人間。轉朱閣，低綺戶，照無眠。不應有恨，
何事長向別時圓。人有悲歡離合，月有陰晴圓缺，此事古
難全。但願人長久，千里共嬋娟。[10]

9　（宋）蘇軾：《蘇文忠公詩編註集成》，卷17，頁2323。
10　（宋）蘇軾撰、龍榆生校箋：《東坡樂府箋》，卷1，頁136。

「明月幾時有，把酒問青天。」問蒼天，英明的國君何日才會再現；「不知天上宮闕，今夕是何年。」不知今日朝廷是怎樣的局勢，「我欲乘風歸去，又恐瓊樓玉宇，高處不勝寒。」寫出蘇軾想歸去朝廷有所作為，卻又深深憂心朝廷之中，新法成員的讒言攻擊。所以「起舞弄清影，何似在人間」，這個「弄清影」指的就是檢視自己不變的自我期許。一轉「轉朱閣，低綺戶，照無眠。」所指即為月光照入屋中，所想見的君王卻未能枉駕前來，所以無法入睡。「不應有恨，何事長向別時圓。」正是因為心中有恨，所恨是在此佳節，兄弟不能相聚，更是君臣不得相合。「人有悲歡離合，月有陰晴圓缺，此事古難全。」感傷國君的相知與相惜，亙古之間可遇而不可求。

以國君來解「月」意，〈中秋見月和子由〉一詩更可瞭解其意。

　　明月未出群山高，瑞光萬丈生白毫。一盃未盡銀闕湧，亂雲脫壞如崩濤。
　　誰為天公洗眸子，應費明河千斛水。遂令冷看世間人，照我湛然心不起。
　　西南火星如彈丸，角尾奕奕蒼龍蟠。今宵注眼看不見，更許螢火爭清寒。
　　何人艤舟臨古汴，千燈夜作魚龍變。曲折無心逐浪花，低昂赴節隨歌板。
　　青熒滅沒轉山前，浪颭風迴豈復堅。明月易低人易散，歸來呼酒更重看。

堂前月色愈清好，咽咽寒螿鳴露草。卷簾推戶寂無人，窗下咿啞惟楚老。

南都從事莫羞貧，對月題詩有幾人。明朝人事隨日出，怳然一夢瑤臺客。[11]

「誰為天公洗眸子，應費明河千斛水。」所寫即是希望可以洗掉被浮雲所遮蔽的國君之眼。「遂令冷看世間人，照我湛然心不起」二句寫出對於國君冷眼看忠臣之心有志難申之苦。「明月易低人易散，歸來呼酒更重看。」、「明朝人事隨日出，怳然一夢瑤臺客。」寫出國君英明之時有限，也道出了心中擔憂的眾人將被貶謫的隱憂。

四　「明日黃花蝶也愁」的重陽感懷

　　吳均之《續齊諧記》載東漢時桓景所住的地方突然發生大瘟疫，仙人費長房給桓景一把降妖青龍劍。費長房指示九月九日，讓他家鄉父老登高避禍，並且給了他茱萸葉子一包，菊花酒一瓶，九月九登高避禍、桓景劍刺瘟魔故事一直流傳到現在。從那時起，人們就過起重陽節來，有了重九登高的風俗。這一個傳說中桓景帶領百姓登高避禍讓蘇軾有深刻的感受，因為徐州前一年水患造成重大災害，蘇軾於是以道家土剋水之說建立了黃樓。

　　宋神宗元豐元年（1078）八月癸丑，蘇軾所建徐州黃樓落成，九月庚辰大合樂以落成，蘇軾本欲為之記，但是蘇轍之賦已

11　（宋）蘇軾：《蘇文忠公詩編註集成》，卷17，頁2324-2325。

盡其意，乃刻蘇轍之賦於石，賦中說明了蘇軾與人民共同抗洪的決心與毅力[12]，此石日後曾因黨禁禁蘇學，而被棄於水中，樓名也改為「觀風」。後有太守苗仲先得此石摹印數千本，後以黨禁尚在碎此石，墨本因此價漲，待苗仲先回京師後，因販賣此摹印本得到巨資。

蘇軾在〈九日黃樓作〉一詩說明：

> 去年重陽不可說，南城夜半千漚發。水穿城下作雷鳴，泥滿城頭飛雨滑。
> 黃花白酒無人問，日暮歸來洗靴韈。豈知還復有今年，把盞對花容一呷。
> 莫嫌酒薄紅粉陋，終勝泥中千柄鍤。黃樓新成壁未乾，清河已落霜初殺。

---

12 〈黃樓賦並序〉：「熙寧十年秋七月乙丑，河決於澶淵，東流入鉅野，北溢於濟南，溢於泗。八月戊戌，水及彭城下，余兄子瞻適為彭城守。水未至，使民具畚鍤，畜土石，積芻茭，完室隙穴，以為水備。故水至而民不恐。自戊戌至九月戊申，水及城下者二丈八尺，塞東西北門，水皆自城際山。雨晝夜不止，子瞻衣制履屨，廬於城上，調急夫發禁卒以從事，令民無得竊出避水，以身帥之，與城存亡。故水大至而民不潰。方水之淫也，汗漫千餘里，漂廬舍，敗塚墓，老弱蔽川而下，壯者狂走無所得食，槁死於丘陵林木之上。子瞻使習水者浮舟楫載糗餌以濟之，得脫者無數。水既涸，朝廷方塞澶淵，未暇及徐。子瞻曰：『澶淵誠塞，徐則無害，塞不塞天也，不可使徐人重被其患。』乃請增築徐城，相水之沖，以木堤捍之，水雖復至，不能以病徐也。故水既去，而民益親。於是即城之東門為大樓焉，堊以黃土，曰：『土實勝水』。徐人相勸成之。轍方從事於宋，將登黃樓，覽觀山川，吊水之遺跡，乃作黃樓之賦。」（宋）蘇軾撰《蘇文忠公詩編註集成》（臺北市：臺灣學生書局，1967年5月），卷16，頁740-741。

　　朝來白霧如細雨，南山不見千尋剎。樓前便作海茫茫，樓下空聞櫓鴉軋。

　　薄寒中人老可畏，熱酒澆腸氣先壓。煙消日出見漁村，遠水鱗鱗山矗矗。

　　詩人猛士雜龍虎，楚舞吳歌亂鵝鴨。一杯相屬君勿辭，此景何殊泛清雪。[13]

蘇軾二詩都寫出「登高」的苦處，寫出因為徐州水患，苦民所苦，日夜擔憂的太守心境，詩中也寫出自己與徐州百姓同舟共濟，日夜建築黃樓得以完成，顯現出與百姓同甘共苦的情懷，對於民生貢獻良多，人民甚為感念，這也是黨禁時蘇轍所寫碑文被毀的原因。

　　〈九日次韻王鞏〉一詩：

　　我醉欲眠君罷休，已教從事到青州。鬢霜饒我三千丈，詩律輸君一百籌。

　　聞道郎君閉東閣，且容老子上南樓。相逢不用忙歸去，明日黃花蝶也愁。[14]

此詩全詩寫重陽飲酒之感，以南朝宋劉義慶《世說新語校箋·術解》：「桓公有主簿善別酒，有酒輒令先嘗。好者謂青州從事，惡者謂平原督郵。青州有齊郡，平原有鬲縣。從事，言到臍；督

13　（宋）蘇軾：《蘇文忠公詩編註集成》，卷17，頁2330-2331。

14　（宋）蘇軾：《蘇文忠公詩編註集成》，卷17，頁2332-2333。

郵，言在鬲上住。意謂好酒的酒氣可直到臍部。」[15]寫自己欣喜於與王鞏能一同飲酒唱和，並自比此次聚會如同晉代庾亮與殷浩互相唱和於南樓的心境。

「相逢不用忙歸去，明日黃花蝶也愁」，蘇軾已感到深深的愁緒，在王安石罷相之後，新黨成員呂惠卿與章惇對於新法的執行，更是雷厲風行，蘇軾寄望的廢行新法，將遙遙無期，所以直此重陽歲暮之際，特別傷懷。此二句也一語成讖，隔年就發生了烏臺詩案，令人感傷。

五　小結

蘇軾宋神宗元豐元年的節慶感懷，主要在於新黨的新法施行與自己的期望漸行漸遠，無可挽回，在一切的努力都無用時，這一年蘇軾的節慶感懷分外悲慟。

在代表國君重視忠臣的日子──寒食節之時，蘇軾想到自認一心效忠國君，卻對於朝廷的決策無法影響，「巡城已困塵埃眯，執扑仍遭蟣蝨緣。欲脫布衫攜素手，試開病眼點黃連。」只能病眼看此乖離世道，除非放下一切執著，才能忘卻自己如同介之推被國君遺忘在深山的苦痛，說出不被國君認同的深沉苦痛。

在八月十五月圓人團圓的日子中，蘇軾承繼著曹操〈短歌行〉中「月明星稀」的感觸，望月懷念著國君的任用，如同李白〈月下獨酌〉中「花間一壺酒，獨酌無相親」的孤寂，〈靜夜思〉中「舉頭望明月，低頭思故鄉」的進退兩難。國君的心意是

---

15 （南朝宋）劉義慶：《世說新語校箋》（臺北市：文史哲出版社，1985年），頁383。

那麼的遙遠，等待國君的英明如同等待月明與月圓之日，是這麼的遙不可及。

在重陽這個舉家團聚的日子中，蘇軾為了經世濟民的理想不得歸鄉，在徐州與人民同甘共苦，卻也深深感受到「山雨欲來風滿樓」的苦痛，「黃花白酒無人問，日暮歸來洗靴韈」、「相逢不用忙歸去，明日黃花蝶也愁」，寫出深沉的節慶感懷。

這些在烏臺詩案發生前所描寫的情懷，更令人為之感傷，從詩中已可看出蘇軾明知不可為而為之，力難回天的無奈。較之熙寧年間對新法嚴峻的批評，此時的詩作顯得更加哀傷而悲愁。

第五章
君已思歸夢巴峽
——蘇軾黃州時期詩詞中對於蜀地的思鄉情懷*

一　前言

　　宋神宗元豐三年（1080），蘇軾因為烏臺詩案，被貶謫至黃州，正月出京，二月到黃州。擔任黃州團練副使，特別要求本州安置，且不得簽書公事。在黃州三年期間，蘇軾時時聽聞因烏臺詩案被貶的友人，不幸的遭遇，加上自身生活的困苦，因而時有懷念小時候在蜀地的簡單生活與單純情感。

　　〈洞仙歌〉序言：「僕七歲時，見眉山老尼，姓朱，忘其名，年九十歲。自言嘗隨其師入蜀主孟昶宮中，一日大熱，蜀主與花蕊夫人夜納涼摩訶池上，作一詞，朱具能記之。今四十年，朱已死久矣，人無知此詞者，但記其首兩句，暇日尋味，豈《洞仙歌》令乎？乃為足之云。」起首二句寫出自己憶起七歲時在眉州的所見所聞，正因為黃州時期不得簽書公文，蘇軾更有時間思考，在自我創作之中，時時憶起兒時在蜀地的光景。所以眉州老尼的歌聲就如家中慈祥長者唱的撫慰人心的歌謠。詞云：

---

* 本章論文收錄於《地方文化研究輯刊》第10輯，成都市：四川大學出版社，頁44-52。

冰肌玉骨，自清涼無汗。水殿風來暗香滿。繡簾開，一點
明月窺人，人未寢，欹枕釵橫鬢亂。

起來攜素手，庭戶無聲，時見疏星渡河漢。試問夜如何？
夜已三更，金波淡，玉繩低轉。但屈指，西風幾時來，又
不道，流年暗中偷換。[1]

回憶起歌中的花蕊夫人形象，和宋人眼中亡國悲情的皇后無關，
全是美麗與柔情的皇后。

由此作興起筆者深入閱讀蘇軾黃州三年詩詞中對於蜀地的思
鄉思念情懷。於此分依時間先後來探討。

二　元豐三年——君已思歸夢巴峽，我能未到說黃州

元豐三年，在前往黃州的路上，蘇軾在寫給親人的詩〈陳州
與文郎逸民飲別，攜手河堤上，作此詩〉中就說出了對故鄉的
想念[2]：

白酒無聲滑瀉油，醉行堤上散吾愁。春風料峭羊角轉，河
水渺綿瓜蔓流。君已思歸夢巴峽，我能未到說黃州。此身
聚散何窮已，未忍悲歌學楚囚。

文逸民，子由女婿，此詩寫到「巴峽」地名，也提及「楚囚南

1　曹樹銘校編：《蘇東坡詞》（臺北市：臺灣商務印書館，1983年12月），頁244。
2　（宋）蘇軾撰，（清）王文誥輯訂：《蘇文忠公詩編註集成》，頁2459。

冠」典故，思歸之情已見於詩語；「君已思歸夢巴峽，我能未到
說黃州」，道出了思蜀的情懷，文逸民可以回鄉，自己卻剛要赴
黃州貶所開始貶謫生活；「此身聚散何窮已，未忍悲歌學楚囚」，
則訴說出自己在黃州的身分如同楚囚鍾儀，雖羈留他地，卻始終
不忘故鄉的情景。

在蔡州道上中〈正月十八日蔡州道上遇雪，次子由韻其一〉
也說道：

> 蘭菊有生意，微陽回寸根。方憂集暮雪，復喜迎朝暾。憶
> 我故居室，浮光動南軒。松竹半傾瀉，未數葵與萱。三徑
> 瑤草合，一瓶井花溫。至今行吟處，尚餘履舄痕。一朝出
> 從仕，永愧李仲元。晚歲益可羞，犯雪方南奔。山城買廢
> 圃，槁葉手自掀。長使齊安人，指說故侯園。[3]

在被貶謫黃州時，蘇軾憶起蜀地故鄉「故居室」、「南軒」，庭園
景色。想起陶淵明「三徑就荒胡不歸」，想起兒時逢年過節，到
井邊汲取井水的快樂，想當年兒時所走過的足痕應該還在，表現
出對蜀地故鄉的懷念。

在宿黃州禪智寺時，蘇軾憶起少年時在故鄉的村院中所見詩
句，有〈少年時，嘗過一村院。見壁上有詩，云：「夜涼疑有
雨，院靜似無僧」不知何人詩也。宿黃州禪智寺，寺僧皆不在，
夜半雨作，偶記此詩，故作一絕〉[4]：

3　（宋）蘇軾撰，（清）王文誥輯訂：《蘇文忠公詩編註集成》，頁2462。
4　（宋）蘇軾撰，（清）王文誥輯訂：《蘇文忠公詩編註集成》，頁2473。

佛燈漸暗饑鼠出，山雨忽來修竹鳴。知是何人舊詩句，已應知我此時情。

身處在黃州禪智寺中的寂寞與感懷，使得蘇軾回憶起兒時故鄉情景，當時不能理解的荒涼與寂靜，此時才深感理解。

思念故鄉蜀地的情懷，黃州時期時時存在，之所以沒有放棄政治抱負的原因，蘇軾在〈子由自南都來陳三日而別〉一詩中具體道出：

夫子自逐客，尚能哀楚囚。奔馳二百里，徑來寬我憂。相逢知有得，道眼清不流。別來未一年，落盡驕氣浮。嗟我晚聞道，款啟如孫休。至言難久服，放心不自收。悟彼善知識，妙藥應所投。納之憂患場，磨以百日愁。冥頑雖難化，鑱發亦已周。平時種種心，次第去莫留。但餘無所還，永與夫子遊。此別何足道，大江東西州。畏蛇不下榻，睡足吾無求。便為齊安民，何必歸故邱。[5]

全詩用了許多莊子思想與佛教思想寬慰自己與子由，但求自我身心安頓，能永遠成為子由心靈支柱，思鄉不得歸主要的原因，在於「便為齊安民，何必歸故邱。」表明自己對於人民有著放不下的責任。

在〈安國寺尋春〉中蘇軾說出了自己對於家人的思念[6]：

5　（宋）蘇軾撰，（清）王文誥輯訂：《蘇文忠公詩編註集成》，頁2460。
6　（宋）蘇軾撰，（清）王文誥輯訂：《蘇文忠公詩編註集成》，頁2478。

臥聞百舌呼春風，起尋花柳村村同。城南古寺修竹合，小
房曲檻攲深紅。看花歎老憶年少，對酒思家愁老翁。病眼
不羞雲母亂，鬢絲強理茶煙中。遙知二月玉城外，玉仙、
洪福花如海。薄羅勻霧蓋新粧，快馬爭風鳴雜佩。玉川先
生真可憐，一生耽酒終無錢。病過春風九十日，獨抱添丁
看花發。

此詩「看花歎老憶年少，對酒思家愁老翁」，清楚說明自己「憶
年少」及「思家」的情感。引用了盧仝所做二詩典故[7]，寫出了
自己的窮困景況，蘇軾在寓居定惠院之東時有〈寓居定惠院之
東，雜花滿山，有海棠一株，土人不知貴也〉之作，以海棠自
比，興起思蜀情懷[8]：

江城地瘴蕃草木，只有名花苦幽獨。嫣然一笑竹籬間，桃
李漫山總麤俗。
也知造物有深意，故遣佳人在空谷。自然富貴出天姿，不
待金盤薦華屋。

7　盧仝〈歎昨日三首之二〉：「天下薄夫苦耽酒，玉川先生也耽酒。薄夫有錢恣
　　張樂，先生無錢養恬漠。有錢無錢俱可憐，百年驟過如流川。平生心事消散
　　盡，天上白日悠悠懸。」《全唐詩》，卷388，冊12，頁4383。盧仝〈示添
　　丁〉：「春風苦不仁，呼逐馬蹄行人家。慚愧瘴氣卻憐我，入我憔悴骨中為生
　　涯。數日不食強強行，何忍索我抱看滿樹花。不知四體正困櫃，泥人啼哭聲
　　呀呀。忽來案上翻墨汁，塗抹詩書如老鴉。父憐母惜摑不得，卻生癡笑令人
　　嗟。宿舂連曉不成米，日高始進一碗茶。氣力龍鍾頭欲白，憑仗添丁莫惱
　　爺。」《全唐詩》，卷387，冊12，頁4369。
8　（宋）蘇軾撰，（清）王文誥輯訂：《蘇文忠公詩編註集成》，頁2479。

朱唇得酒暈生臉，翠袖卷紗紅映肉。林深霧暗曉光遲，日
暖風輕春睡足。

雨中有淚亦淒愴，月下無人更清淑。先生食飽無一事，散
步逍遙自捫腹。

不問人家與僧舍，拄杖敲門看修竹。忽逢絕艷照衰朽，嘆
息無言揩病目。

陋邦何處得此花，無乃好事移西蜀。寸根千里不易致，銜
子飛來定鴻鵠。

天涯流落俱可念，為飲一樽歌此曲。明朝酒醒還獨來，雪
落紛紛那忍觸。

「雨中有淚亦淒愴，月下無人更清淑。」寫出名花在黃州的際
遇，也是蘇軾在黃州的感受。「陋邦何處得此花，無乃好事移西
蜀。」傳說當時蜀地錦江河畔海棠盛開，卻是哪位好事者移名花
至此地，蘇軾感嘆如同自己在蜀地是名花，移至黃州卻不得志。
「天涯流落俱可念，為飲一樽歌此曲。」睹物思情，異地流落，
懷念起蜀地的親友的親切。

在〈王齊萬秀才寓居武昌縣劉郎洑正與伍洲相對，伍子胥奔
吳所從渡江也〉一詩中也引用許多蜀地的地名典故[9]：

君家稻田冠西蜀，搗玉揚珠三萬斛。塞江流柿起書樓，碧
瓦朱欄照山谷。

傾家取樂不論命，散盡黃金如轉燭。惟餘舊書一百車，方
舟載入荊江曲。

---

9 （宋）蘇軾撰，（清）王文誥輯訂：《蘇文忠公詩編註集成》，頁2482。

> 江上青山亦何有，伍洲遙望劉郎藪。明朝寒食當過君，請
> 殺耕牛壓私酒。
> 與君飲酒細論文，酒酣訪古江之潰。仲謀、公瑾不須弔，
> 一酹波神英烈君。

起首所寫「君家稻田冠西蜀，搗玉揚珠三萬斛」，指出王齊萬原
是西蜀的大地主，十分富有。「塞江流柿起書樓，碧瓦朱欄照山
谷。」寫晉武帝造船於蜀地江中飄流木片，蔽江而下，起書樓則
是唐人造樓藏書萬卷之處，蘇軾此處以與蜀人王齊萬交遊想起蜀
地，在異地遇到故鄉人，特別思念蜀地。

蘇軾在〈臨江仙〉詞中提到「巴峽路」與「洛城花」對比：

> 細馬遠馱雙侍女，青巾玉帶紅鞾。溪山好處便為家。誰知
> 巴峽路，卻見洛城花。面旋落英飛玉蕊，人間春日初斜。
> 十年不見紫雲車。龍丘新洞府，鉛鼎養丹砂。[10]

「誰知巴峽路，卻見洛城花。」對於出蜀到京城後，最終如同歐
陽修詞作中「直須看盡洛城花，始共春風容易別。」只能告別京
城。

三　元豐四年──永夜思家在何處

元豐四年，蘇軾在黃州第二年的生活越加困頓，在〈東坡八
首并敘〉中說這時期的生活：

---

10 曹樹銘校編：《蘇東坡詞》（臺北市：臺灣商務印書館，1983年12月），頁207。

余至黃州二年，日以困匱。故人馬正卿哀余乏食，為於郡
中請故營地數十畝，使得躬耕其中。地既久荒為茨棘瓦礫
之場，而歲又大旱，墾闢之勞，筋力殆盡。釋耒而歎，乃
作是詩，自愍其勤，庶幾來歲之入以忘其勞焉。

是極為困頓匱乏的，友人馬正卿將其安頓在東坡，讓蘇軾可以自
給生活，在困頓之時，故鄉蜀地友人王文甫並與蘇軾分享收穫，
蘇軾詩中稱：

其二

荒田雖浪莽，高庳各有適。下隰種秔稌，東原蒔棗栗。
江南有蜀士，桑果已許乞。好竹不難栽，但恐鞭橫逸。仍
須卜佳處，規以安我室。家僮燒枯草，走報暗井出。一飽
未敢期，瓢飲已可必。[11]

在異地生活困頓之時，接受到來自故鄉蜀地的友人滿滿的溫情，
讓蘇軾特別說到「江南有蜀士，桑果已許乞」，他甚至還特別提
起是「蜀士」。

　　元豐四年，蘇軾在給姪子的書信中〈姪安節遠來夜坐三首〉
感慨[12]：

南來不覺歲崢嶸，夜撥寒灰聽雨聲。遮眼文書原不讀，伴

---

11 曹樹銘校編：《蘇東坡詞》，頁207。
12 （宋）蘇軾撰，（清）王文誥輯訂：《蘇文忠公詩編註集成》，頁2528。

人燈火亦多情。嗟予潦倒無歸日，令汝蹉跎已半生。免使韓公悲世事，白頭還對短燈檠。心衰面改瘦崢嶸，相見惟應識舊聲。永夜思家在何處，殘年知汝遠來情。畏人默坐成癡鈍，問舊驚呼半死生。夢斷酒醒山雨絕，笑看飢鼠上燈檠。落第汝為中酒味，吟詩我作忍饑聲。便思絕粒真無策，苦說歸田似不情。腰下牛閒方解佩，洲中奴長足為生，大呁一弛何緣瞉，已覺翻翻不受檠。

向姪子訴說心中的悲悽，對於元豐三年六月大水中乘舟經三峽離開家鄉去考科舉的姪子，落榜後，元豐四年十一月特別來黃州探望他，「落第汝為中酒味，吟詩我作忍饑聲」，二位失意的人更興起思家的無限情感。寫出了自己深刻的思家情緒，「嗟予潦倒無歸日，令汝蹉跎已半生」寫出自己不得歸鄉的痛苦。「心衰面改瘦崢嶸，相見惟應識舊聲」寫出自己的鄉音不改。「永夜思家在何處，殘年知汝遠來情」都寫出自己的思蜀情懷。「便思絕粒真無策，苦說歸田似不情」，二句說出了自己在仕途上的困頓，進而說服姪子不如歸鄉，放棄仕途。

在〈伯父送先人下第歸蜀詩〉云：「人稀野店休安枕，路人靈關穩跨驢」，安節將去為誦此句，因以為韻，作小詩十四首送之〉第十首中就說：「我夢隨汝去，東阡松柏青。卻入西州門，永媿北山靈。」[13]夢中仍一心與安節歸去蜀地。

在〈哨遍〉中有「為米折腰，因酒棄家，口體交相累」和陶淵明相同情境用語：

13　（宋）蘇軾撰，（清）王文誥輯訂：《蘇文忠公詩編註集成》，頁2531。

為米折腰，因酒棄家，口體交相累。歸去來，誰不遣君
歸，覺從前皆非今是。露未晞，征夫指余歸路，門前笑語
喧童稚。嗟舊菊都荒，新松暗老，吾年今已如此。但小窗
容膝閉柴扉，策杖看孤雲暮鴻飛。雲出無心，鳥倦知還，
本非有意。噫，歸去來兮，我今忘我兼忘世。親戚無浪
語，琴書中有真味。步翠麓崎嶇，泛溪窈窕，涓涓暗谷流
春水。觀草木欣榮，幽人自感，吾生行且休矣。念寓形宇
內復幾時，不自覺皇皇欲何之。委吾心，去留誰計。神仙
知在何處，富貴非吾志。但知臨水登山嘯詠，自引壺觴自
醉。此生天命更何疑，且乘流，遇坎還止。[14]

「歸去來，誰不遣君歸，覺從前皆非今是。」因為仕途的不得
志，興起對於家鄉的思念。「歸去來兮，我今忘我兼忘世。親戚
無浪語。」寫出對於家鄉親戚的親切思念。「且乘流，遇坎還
止。」在不順遂的當下，應當歸鄉休息。

〈江城子〉中也寫到「東望憶陶潛」：

黃昏猶是雨纖纖。曉開簾。欲平簷。江闊天低，無處認青
帘。孤坐凍吟誰伴我，揩病目，撚衰髯。
使君留客醉厭厭。水晶鹽。為誰甜。手把梅花，東望憶陶
潛。雪似故人人似雪，雖可愛，有人嫌。[15]

在醉後想到的人是陶潛，一心想要歸去的仍是故鄉。

---

14 曹樹銘校編：《蘇東坡詞》，頁241。
15 曹樹銘校編：《蘇東坡詞》，頁221。

四　元豐五年——推手從歸去

蘇軾元豐五年有〈寒食雨〉之作，寫出自己想歸鄉，卻進退兩難的處境：

> 自我來黃州，已過三寒食。年年欲惜春，春去不容惜。今年又苦雨，兩月秋蕭瑟。臥聞海棠花，泥污燕脂雪。暗中偷負去，夜半真有力。何殊病少年，病起頭已白。春江欲入戶，雨勢來不已。小屋如漁舟，濛濛水雲裡。空庖煮寒菜，破灶燒濕葦。那知是寒食，但見烏銜紙。君門深九重，墳墓在萬里。也擬哭途窮，死灰吹不起。[16]

寒食節原是與家人團聚祭祖的日子，蘇軾細數自己到黃州已經三年，春天的美好天氣與歲月都留不住，今年的寒食又連著二個月的雨天，只能臥聞海棠花，一心想把同樣流落黃州的海棠花，帶回蜀地，所以引用《莊子・大宗師篇》所說，「暗中偷負去，夜半真有力」只有夜半午夜夢迴，才能回到思念已久的故鄉。

第二首寫出「君門深九重，墳墓在萬里。」形容進退兩難的思鄉情緒。「也擬哭途窮，死灰吹不起。」更是想放棄一切歸鄉的感慨用語。

在〈蜜酒歌〉中對於來自故鄉的道士楊世昌說：

> 序：西蜀道士楊世昌，善作蜜酒，絕醇釅。余既得其方，

16　（宋）蘇軾撰，（清）王文誥輯訂：《蘇文忠公詩編註集成》，頁2545。

作此歌以遺之。真珠為漿玉為醴，六月田夫汗流沘。不如
春甕自生香，蜂為耕耘花作米。一日小沸魚吐沫，二日眩
轉清光活。三日開甕香滿城，快瀉銀瓶不須撥。百錢一斗
濃無聲，甘露微濁醍醐清。君不見南園采花蜂似雨，天教
釀酒醉先生。先生年來窮到骨，問人乞米何曾得。世間萬
事真悠悠，蜜蜂大勝監河侯。[17]

身在異地窮困之際，西蜀故鄉道士與陳季常皆相從於流落之時，
楊世昌、陳季常也因此得以留名於後世，「先生年來窮到骨，問
人乞米何曾得。世間萬事真悠悠，蜜蜂大勝監河侯。」寫出了在
窮途潦倒之際，得到故鄉友人幫助的開心。

　　此年有〈水調歌頭〉詞作中序言：「歐陽文忠公嘗問余：琴
詩何者最善？答以〈退之聽穎師琴詩〉詩最善。公曰：『此詩最
奇麗，然非聽琴，乃聽琵琶也。』余深然之。建安章質夫家善琵
琶者，乞為歌詞。余久不作，特取退之詞，稍加隱括，使就聲
律，以遺之云。」

昵昵兒女語，燈火夜微明。恩冤爾汝來去，彈指淚和聲。
忽變軒昂勇士，一鼓填然作氣，千里不留行。回首暮雲
遠，飛絮攪青冥。眾禽裡，真彩鳳，獨不鳴。躋攀寸步千
險，一落百尋輕。煩子指間風雨，置我腸中冰炭，起坐不
能平。推手從歸去，無淚與君傾。[18]

---

17 （宋）蘇軾撰，（清）王文誥輯訂：《蘇文忠公詩編註集成》，頁2545。
18 曾棗庄：《蘇東坡詞全編》，頁31。

在黃州的夜中忽然想起與歐陽修的對話，將韓愈的作品〈聽穎師彈琴〉改作成詩歌，「眾禽裡，真彩鳳，獨不鳴。」喻指自己的發言不為朝廷所容，所以不能發聲。「置我腸中冰炭，起坐不能平。」寫出自己的憂心國事，最終只能「推手從歸去，無淚與君傾」，想起不如歸去蜀地故鄉。

　　韓愈原詩：

　　　　昵昵兒女語，恩怨相爾汝。劃然變軒昂，勇士赴敵場。浮雲柳絮無根蒂，天地闊遠隨飛揚。喧啾百鳥群，忽見孤鳳皇。躋攀分寸不可上，失勢一落千丈強。嗟余有兩耳，未省聽絲篁。自聞穎師彈，起坐在一旁。推手遽止之，溼衣淚滂滂。穎乎爾誠能，無以冰炭置我腸。[19]

對於國事與朝廷的擔憂，如冰炭置腸。

　　再由李賀〈穎師琴歌〉中所引可知〈穎師琴歌〉所指為蜀國樂曲[20]：

　　　　別浦雲歸桂花渚，蜀國弦中雙鳳語。芙蓉葉落秋鸞離，越王夜起遊天姥。暗珮清臣敲水玉，渡海蛾眉牽白鹿。誰看挾劍赴長橋，誰看浸髮題春竹。竺僧前立當吾門，梵宮真相眉稜尊。古琴大軫長八尺，嶧陽老樹非桐孫。涼館聞弦驚病客，藥囊暫別龍鬚席。請歌直請卿相歌，奉禮官卑復何益。

---

19 中華書局編：《全唐詩》，卷340，冊10，頁3813。
20 中華書局編：《全唐詩》，卷394，冊12，頁4441。

「別浦雲歸桂花渚，蜀國弦中雙鳳語」，二句可知此曲是用蜀國弦所做蜀國樂曲，蘇軾在黃州想起故鄉蜀地音樂，與韓愈憂心國事的心情起了共鳴。

五　元豐六年至汝洲前——萬里家在岷峨

元豐六年，蘇軾在寄給蘇轍的〈初秋寄子由〉詩中提及，縱使時間推移，但永遠不忘初衷：

> 百川日夜逝，物我相隨去。惟有宿昔心，依然守故處。憶在懷遠驛，閉門秋暑中。藜羹對書史，揮汗與子同。西風忽淒屬，落葉穿戶牖。子起尋袷衣，感歎執我手。朱顏不可恃，此語君莫疑。別離恐不免，功名定難期。當時已淒斷，況此兩衰老。失途既難追，學道恨不早。買田秋已議，築堂春當成。雪堂風雨夜，已作對牀聲。[21]

「惟有宿昔心，依然守故處。」寫出當時在故鄉所立定的志向，永不更改。想起二十六歲時，與子由一起寓居懷遠驛，兩人一起共同經過風雨時，尚能執手共同度過，而今「朱顏不可恃」，二十多年後分隔兩地，仍然「別離恐不免」、「功名定難期」，希望有一天回鄉在風雨夜中能夠執手對牀夜語。

在異地聽到有人因昔富今貧而哭泣，蘇軾給故鄉友人楊耆的詩中，〈西蜀楊耆，二十年前，見之甚貧，今見之亦貧。所異於

21　（宋）蘇軾撰，（清）王文誥輯訂：《蘇文忠公詩編註集成》，頁2588。

昔者，蒼顏華髮耳。女無美惡，富者妍；士無賢不肖，貧者鄙。使其逢時遇合，豈減當世之士哉。頃宿扶風驛舍，聞泣者甚怨。問之，乃昔富而今貧者。乃作一詩，今以贈楊君。〉[22]

> 孤村微雨送秋涼，逆旅愁人怨夜長。不寐相看惟櫪馬，悲歌互答有寒螿。天寒滯穗猶橫畝，歲晚空機任倚牆。勸爾一杯聊復睡，人間貧富海茫茫。

蘇軾對於西蜀楊耆的貧困表示哀悼，「勸爾一杯聊復睡，人間貧富海茫茫」，看到楊耆的辛苦，起了共同感嘆。

在〈浣溪沙〉詞作中，蘇軾也興起不如歸去的感嘆：

> 徐邈能中酒聖賢，劉伶席地幕青天。潘郎白璧為誰連。無可奈何新白髮，不如歸去舊青山。恨無人借買山錢。[23]

想回鄉過魏晉名賢的生活，卻仍苦於經濟的困境。

元豐七年，蘇軾在〈滿庭芳〉詞作中一語道出「萬里家在岷峨」：

> 元豐七年四月一日，余將去黃移汝，留別雪堂鄰里二三君子。會李仲覽自江東來別，遂書以遺之。歸去來兮，吾歸何處，萬里家在岷峨。百年強半，來日苦無多。坐見黃州再閏，兒童盡、楚語吳歌。山中友，雞豚社酒，相勸老東

22　（宋）蘇軾撰，（清）王文誥輯訂：《蘇文忠公詩編註集成》，頁2611。
23　曹樹銘校編：《蘇東坡詞》，頁427。

坡。云何。當此去，人生底事，來往如梭。待閒看，秋風
洛水清波。好在堂前細柳，應念我，莫翦柔柯。仍傳語，
江南父老，時與曬漁蓑。[24]

詞中說明家鄉就在「岷江峨眉山」，離開黃州後仍然不得歸鄉，在
黃州三年家中孩童語音中已經是「楚語吳歌」。歲月如梭，寄與
江南父老，因為人的情感，他日或許會再拜訪不是故鄉的江南。

　　在離開黃州途中有〈滿庭芳〉詞作，詞中想起自己十七歲時
和劉仲達往來於蜀地眉山：

余年十七，始與劉仲達往來於眉山，今年四十九，相逢於
泗上，淮水淺凍，久留郡中，晦日同游南山，話舊感歎，
因作滿庭芳云。

感慨自己在三十三年後，與蜀地故友相逢於泗水之上。

三十三年，飄流江海，萬里煙浪雲帆。故人驚怪，憔悴老
青衫。我自疏狂異趣，君何事、奔走塵凡？流年盡，窮途
坐守，船尾凍相銜。巉巉，淮浦外，古寺空巖。步攜手林
間，層樓翠壁，笑挽攛攛。莫上孤峰盡處，縈望眼、雲海
相攙。家何在，因君問我，歸夢繞松杉。[25]

「萬里煙浪雲帆」，離開蜀地飄流江海之上，三十三年後，

24　曾棗莊：《蘇東坡詞全編》（成都市：四川文藝出版社，2007年4月），頁15。
25　曹樹銘校編：《蘇東坡詞》，頁300。

「故人驚怪，憔悴老青衫」，落得一身憔悴；「家何在，因君問我，歸夢繞松杉」三句說出了思念家鄉蜀地，只有夢中得以回鄉。

六　小結

元豐三年，蘇軾被貶謫黃州之時，主要是因為政治理念的無法如意，不禁思念起在故鄉蜀地的美好生活。在給友人的詩歌中，「君已思歸夢巴峽，我能未到說黃州」，寫出了共同的思鄉情懷。元豐四年，則因為在黃州生活的困頓，得到故鄉友人的支助，加上晚輩的仕途不如意，讓蘇軾更懷念起蜀地故鄉。元豐五年，進入黃州第三年，蘇軾處在仕途進退兩難之際，擔心國事時，聽到蜀地的音樂，更加思念故鄉。元豐六年，離開黃州時，仍然不得歸鄉，思鄉之感格外迫切。

本文藉由「蘇軾黃州時期詩詞中的思蜀情懷」，試圖一步步前推，蜀黨與蜀學的獨樹成風，是否源起於蘇軾被貶黃州之後，對於蜀地的懷念與對於蜀人的特有情感；一般文獻所稱「蜀學」是指蘇軾、蘇轍為領導的蜀地文學與思想，帶領宋代的文學與思想改革，這應當從宋仁宗歐陽修主考科舉改革文風時，「蜀學」就已經開始發達；所特別稱為「蜀黨」，則是指宋哲宗元祐年間與程顥、程頤領導的「洛黨」一起反對王安石新法，針對的是「蜀黨」與「洛黨」又在如是否歸還神宗時其取得的土地等，許多政策上不合。「蜀學」在北宋造成的文學與思想影響之大，由北宋徽宗特別立碑頒令禁止，成為定罪的因素，可以知道他的重大影響力。

　　如北宋遺臣宇文虛中[26]是四川人，在北宋末年以蘇軾之學為首的文人集團，成為顯著的「蜀學」，宇文虛中就受蘇軾之學影響。在四川大學網頁所編《巴蜀名賢》中指名人堂中的宇文虛中：「宋徽宗政和六（1116），自起居舍人除中書舍人，既兼修國史，又兼詳定《九域志》，修《神宗寶訓》。八年（1118），以言官疑其學術淵源于蘇氏，遂奉祠而去。宣和二年（1120），召入朝，尋以顯謨閣待制出知陝州。四年（1122），嘗為滎陽趙睿作〈魚計亭賦〉，深得蘇軾、蘇轍之筆勢。未幾，以秘閣校理遷太常博士，知登、隨、通三州。後提點京東刑獄，攝帥青社，時年五十九，遂奉祠就養，閒居二十五年病卒。事蹟見周必大〈跋魚計亭賦〉」[27]，文中也認為宇文虛中之學源於蘇氏，深得蘇軾、蘇轍之筆勢，還因此在徽宗朝時因禁蘇學遭到質疑[28]。

　　本文以蘇軾在黃州時期詩詞中，滿是對於故鄉的思念與故鄉友人及典故的懷念感受，蘇軾黃州時期的思蜀情懷，可見蘇軾對於蜀地人物、典故留存的貢獻，也可以理解在窮困的貶謫生活中，蘇軾的詩詞風格更顯其獨特風格。

---

26 北宋遺臣宇文虛中以宋代忠臣自許，在北宋危亡之際一再上書諫言宋徽宗，要求更革弊端，因此遭到降職，卻仍不畏懼，明知不可為而為之的精神，值得後人敬佩。在徽、欽二帝相繼被擄後，更是三赴金人營寨交涉，期望可以營救君王，因此被拘羈在雲中，仍舊能夠守節不屈。幽囚五年後，雖受命為金朝官爵，任翰林學士掌詞命，位居高官，仍不放棄儒家固有忠君精神，不戀棧榮華富貴，潛結豪傑，預謀拯救欽宗南歸，終為秦檜出賣，告知金朝，事敗被殺，全家遭到烹殺。南宋孝宗淳熙年間，宋廷以他忠死，賜廟「仁勇」。

27 《巴蜀全書》：http://pub.bashuquanshu.com/mingxian/gudai/index_2.html。

28 林宜陵：〈北宋遺臣宇文虛中及其詩作探析〉，《漢學研究期刊》第17期（2013年12月），頁1-30。

第六章
鄭俠《流民圖》事件與相關詩歌探微[*]

一　前言

　　宋仁宗因為無嗣繼承皇位，抱養其父宋真宗兄長的孫子養在宮中，在仁宗駕崩時，使得立為宋英宗，宋英宗要即位時，太后（仁宗皇后）有意繼前朝劉太后（真宗皇后）方式垂簾聽政，唯全賴韓琦力保，英宗才得以順利親政。但是英宗駕崩後，在諸皇子之中，韓琦是最反對宋神宗即位的，神宗繼承皇位後對韓琦這位三朝功臣，雖然封為丞相，卻一切都問政於副丞相「王安石」，執意施行變法，因此韓琦憤而罷相[1]。

　　蘇軾和蘇轍兄弟與韓琦、歐陽脩等人關係密切，蘇轍還有千古流傳的〈上樞密韓太尉書〉，與韓琦是站在同一陣線反對新法的躁進，經過了與神宗熙寧九年的抗辯與論爭，新法遇到的旱災

---

[*]　本章論文發表於《中文學術前沿》第七輯（杭州：浙江大學出版社，2013年12月），頁64-70。

[1]　《續資治通鑑》：「（宋神宗）己亥，太傅兼侍中曾公亮卒，年八十。帝臨哭，輟朝三日。贈太師、中書令。初諡忠獻，禮官劉摯駁曰：『公亮居三事，不聞薦一士，安得為忠！家累千金，未嘗濟一物，安得為獻！』眾莫能奪，改諡宣靖。及葬，御篆其碑首曰『兩朝顧命定策亞勳之碑』。公亮性吝嗇，殖貨至巨萬。力薦王安石以間韓琦，持祿固寵，為世所譏。」（卷73）記載了宋神宗感激曾公亮「力薦王安石以間韓琦」翼立帝位之功。

等天災嚴歷的考驗，加以鄭俠書《流民圖》雖使得新法暫停施行，王安石罷相，卻因神宗聽信呂惠卿等人言語，反遭下獄，更使得王安國遭罪，與晏幾道等人遭連累。新法復行後自呂惠卿的主導下法令更加嚴峻。

鄭俠《流民圖》事件，一度曾是撼動熙寧變法的大事，本文就《流民圖》事件探討宋代黨爭所爭之處，並以鄭俠、王安石、蘇軾詩作探討不同立場的感受。

二　《流民圖》事件

《宋史》所載鄭俠生平，可以得到《流民圖》事件的正史觀點，並加以評論：

（一）鄭俠本是王安石所重用的人

> 鄭俠，字介夫，福州福清人。治平中，隨父官江寧，閉戶苦學。王安石知其名，邀與相見，稱獎之。進士高第，調光州司法參軍。安石居政府。凡所施行，民間不以為便。光有疑獄，俠讞議傳奏，安石悉如其請。俠感為知己，思欲盡忠。

這段記載中可見鄭俠本受王安石提拔重用，他用心治理光州，得到王安石認同。鄭俠一心報答王安石知己之情，也可以看出鄭俠對於民間疾苦的全心支持。

（二）鄭俠對於新法的施行一開始即不認同

> 秩滿，遂入都。時初行試法之令，選人中式者超京官，安
> 石欲使以是進，俠以未嘗習法辭。三往見之，問以所聞。
> 對曰：「青苗、免役、保甲、市易數事，與邊鄙用兵，在
> 俠心不能無區區也。」安石不答。俠退不復見，但數以書
> 言法之為民害者。久之，監安上門。安石雖不悅，猶使其
> 子雱來，語以試法。方置修經局，又欲闢為檢討，更命其
> 客黎東美諭意。

鄭俠在新法施行初期即以一再上書反對，王安石三次前去請求協
助新法施行，皆被拒絕。竟然「退不復見」，「青苗、免役、保
甲、市易數事，與邊鄙用兵，在俠心不能無區區也。」問題的爭
執處在於這些作為是王安石所欲爭取的國家利益，卻不是鄭俠所
認同的利於百姓。

（三）天旱不雨冒著欺君之罪，假稱邊情緊急，上　《流民圖》

> 是時，自熙寧六年七月不雨，至於七年之三月，人無生
> 意。東北流民，每風沙霾曀，扶攜塞道，羸瘠愁苦，身無
> 完衣。並城民買麻糁麥麩，合米為糜，或茹木實草根，至
> 身被鎖械，而負瓦楬木，賣以償官，纍纍不絕。俠知安石
> 不可諫，悉繪所見為圖，奏疏詣閣門，不納。乃假稱密
> 急，發馬遞上之銀台司。其略云：「去年大蝗，秋冬亢旱，
> 麥苗焦枯，五種不入，群情懼死；方春斬伐，竭澤而漁，

草木魚鱉，亦莫生遂。災患之來，莫之或御。願陛下開倉
廩，賑貧乏，取有司掊克不道之政，一切罷去。冀下召和
氣，上應天心，延萬姓垂死之命。今臺諫充位，左右輔弼
又皆貪猥近利，使夫抱道懷識之士，皆不欲與之言，陛下
以爵祿名器，駕馭天下忠賢，而使人如此，甚非宗廟社稷
之福也。竊聞南征北伐者，皆以其勝捷之勢、山川之形，
為圖來獻，料無一人以天下之民質妻鬻子，斬桑壞捨，流
離逃散，遑遑不給之狀上聞者。臣謹以逐日所見，繪成一
圖，但經眼目，已可涕泣。而況有甚於此者乎！如陛下行
臣之言，十日不雨，即乞斬臣宣德門外，以正欺君之罪。」

其中所言「俠知安石不可諫」，可見鄭俠不只一次上諫王安石，
但是為政目標不同，當然不為所用。寫出鄭俠假稱軍情緊急，運
用違法的方法，越級上報，自知是欺君之罪，但為了百姓的生
活，甘心自我犧牲，才得以讓神宗看到百姓困苦的《流民圖》。

（四）新法停止施行

疏奏，神宗反覆觀圖，長吁數四，袖以入。是夕，寢不能
寐。翌日，命開封體放免行錢，三司察市易，司農發常平
倉，三衛具熙河所用兵，諸路上民物流散之故。青苗、免
役權息追呼，方田、保甲並罷，凡十有八事。民間歡叫相
賀。又下責躬詔求言。越三日，大雨，遠近沾洽。輔臣入
賀，帝示以俠所進圖狀，且責之，皆再拜謝。

神宗為此圖所感動，以至於「寢不能寐」，第二天即特赦天下，

罷除新法中與民爭利的部分，並下詔責己，請求諫言。三日後果
然下起大雨，群臣不知原由，入朝恭賀，神宗拿出《流民圖》與
上狀，責備了群臣，因此進一步激起了施行新法的官員反彈。

（五）王安石求去，呂惠卿執政新法復行

> 安石上章求去，外間始知所行之由，群奸切齒，遂以俠付
> 御史，治其擅發馬遞罪。呂惠卿、鄧綰言於帝曰：「陛下
> 數年以來，忘寐與食，成此美政，天下方被其賜；一旦用
> 狂夫之言，罷廢殆盡，豈不惜哉？」相與環泣於帝前，於
> 是新法一切如故。安石去，惠卿執政。

王安石因此求去，「群奸切齒」，因此將鄭俠交付御史論過，將其
歸為狂夫之言，「相與環泣於帝前」神宗終是敵不過群臣之言，
恢復新法，王安石因此罷相。

（六）鄭俠上書攻擊群臣，以謗訕之罪編管汀州

> 俠又上疏論之，仍取唐魏徵、姚崇、宋璟、李林甫、盧杞
> 傳為兩軸，題曰《正直君子邪曲小人事業圖跡》。在位之
> 臣暗合林甫輩而反於崇、璟者，各以其類，復為書獻之。
> 並言禁中有被甲、登殿等事。惠卿奏為謗訕，編管汀州。
> 御史臺吏楊忠信謁之曰：「御史緘默不言，而君上書不
> 已，是言責在監門而臺中無人也。」取懷中《名臣諫疏》
> 二帙授俠曰：「以此為正人助。」惠卿暴其事，且嗾御史
> 張琥並劾馮京為黨與。俠行至太康，還對獄，獄成，惠卿
> 議致之死。帝曰：「俠所言非為身也，忠誠亦可嘉，豈宜

深罪？」但徙英州。

鄭俠不因此而退縮，進一步以圖直指呂惠卿等人有「被甲、登殿」，危害君王之行呂惠卿大怒，羅織罪名，欲致其死，並累及鄭俠親友，幸得神宗阻止，貶至英州。由這段史書文字記載可以看出，此時宋神宗的朝廷，已非宋神宗所能主導，群臣的力量，確實足以牽制神宗。

（七）英州百姓敬之

> 既至，得僧屋將壓者居之，英人無貧富貴賤皆加敬，爭遣子弟從學，為築室以遷。

更可看出鄭俠是站在百姓的立場，所以百姓感念其德，紛紛命子弟追隨求學。與新法站在國家朝廷利益上的基準點不同。

（八）哲宗元祐時得歸，為泉州教授，元符年再竄。徽宗立，得還故官，後又為蔡京所奪

> 哲宗立，始得歸。蘇軾、孫覺表言之，以為泉州教授。元符七年，再竄於英。徽宗立，赦之，仍還故官，又為蔡京所奪，自是不復出。布衣糲食，屏處田野，然一言一話，未嘗忘君。宣和元年卒，年七十九。里人揭其閭為鄭公坊，州縣皆祀之於學。紹熙初，詔贈朝奉郎。官其孫嘉正為山陰尉。[2]

2　（元）脫脫等撰：《宋史》〈鄭俠傳〉（北京市：中華書局，1985年6月出版），卷321。

鄭俠在神宗駕崩後的遭遇，更可以看出君王對於變法的支持與否，哲宗初立時是高氏太皇太后（英宗皇后）垂簾之際，所以新法遭廢除，徽宗雖特赦天下，還以官位，但是新黨執政後，再次被奪去官位。「一言一話，未嘗忘君」，可以看出鄭俠一生憂心國事之心。鄭俠《流民圖》事件，另一位遭受重罪的是王安國，因此事被累及遭罪，《宋史・王安國傳》中記載：

（九）王安國以文章稱於世

> 王安國字平甫，安禮之弟也。幼敏悟，未嘗從學，而文詞天成。年十二，以所為詩、銘、論、賦數十篇示人，語皆警拔，遂以文章稱於世，士大夫交口譽之。於書無所不通，數舉進士，又舉茂材異等，有司考其所獻序言為第一，以母喪不試，廬於墓三年。熙寧初，韓絳薦其材行，召試，賜及第，除西京國子教授。

據《宋史》這段記載，可以瞭解王安國以文章稱於世，且仕途順利。

（十）恨新法知人不明、聚斂太急爾

> 官滿，至京師，上以安石故，賜對。帝曰：「卿學問通古今，以漢文帝為何如主？」對曰：「三代以後未有也。」帝曰：「但恨其才不能立法更制爾。」對曰：「文帝自代來，入未央宮，定變故俄頃呼吸間，恐無才者不能。至用賈誼言，待群臣有節，專務以德化民，海內興於禮義，幾致刑措，則文帝加有才一等矣。」帝曰：「王猛佐符堅，

以蕞爾國而令必行，今朕以天下之大，不能使人，何也？」曰：「猛教堅以峻刑法殺人，致秦祚不傳世，今刻薄小人，必有以是誤陛下者。願頲以堯、舜、三代為法，則下豈有不從者乎。」又問：「卿兄秉政，外論謂何？」曰：「恨知人不明，聚斂太急爾。」帝默然不悅，由是別無恩命，止授崇文院校書，後改秘閣校理。屢以新法力諫安石，又質責曾布誤其兄，深惡呂惠卿之姦。

這一段史事記載王安國對於宋神宗是不卑不亢的態度，神宗自比為苻堅，希望得到如王猛般的人才協助變法，可是王安國直言上諫辯駁漢文帝才是聖君，可見王安國也是站在人民利益的立場，與變法站在朝廷利益的立場不同。加上在神宗面前勇於批評王安石新法的問題在於「恨知人不明，聚斂太急爾」足以見得王安國的變法立場與對於變法人物都是無法認同的。

（十一）願兄遠佞人

先是，安國教授西京，頗溺於聲色，安石在相位，以書戒之曰：「宜放鄭聲。」安國復書曰：「亦願兄遠佞人。」惠卿銜之。及安石罷相，惠卿遂因鄭俠事陷安國，坐奪官，放歸田里。詔以諭安石，安石對使者泣下。既而復其官，命下而安國卒，年四十七。[3]

因為對於變法的憂心，王安國一度「溺於聲色」，加以逃避，王安石以書信告戒，王安國則回信，要王安石一定要遠離呂惠卿，

3　（元）脫脫等撰：《宋史》〈王安國傳〉，卷327。

呂惠卿在王安石罷相之後，即以鄭俠《流民圖》事件為王安國所
主使，奪去官位，並下詔諭知王安石，安石不能救親弟，以至傷
痛而泣。王安國也因憂憤而終。

　　《續資治通鑑》中記載此事，多於《宋史》處。

（十二）呂惠卿主導馮京與王安國被罷

> 庚子，是日馮京亦罷。初，鄭俠劾呂惠卿奸邪，且薦馮京
> 可用，並言禁中有人被甲登殿詬罵等事，惠卿奏為謗訕，
> 令中丞鄧綰、知制誥鄧潤甫治之，坐編管汀州。初，鄭俠
> 劾呂惠卿奸邪，且薦馮京可用……是日京與惠卿同在政
> 府，議論多不合，而王安國素與俠善，惠卿欲並中之，乘
> 間白帝曰：「俠書言青苗、助役、流民等事，此眾所共知
> 也。若禁中有人被甲登殿詬罵，俠安從知？蓋俠前後所
> 言，皆京使安國導之，乞追俠付獄窮治。」已而帝問京
> 曰：「卿識鄭俠乎？」對曰：「臣素未之識。」

在《流民圖》事件中，呂惠卿真正要除去的還有馮京與王安國二
人，將整件事件引導至為馮京主導王安國，王安國示意鄭俠上
書。以除去新黨人物中與自己理念不同的人。但事實上馮京並不
認識鄭俠，所以呂惠卿更進一步稱是經過王安國穿針引線的。

（十三）王安國歎王安石「四海九州之怨悉歸於己」

> 罷局時，遇安國於途，安國馬上舉鞭揖之曰：「君可謂獨
> 立不懼！」俠曰：「不意丞相為小人所誤，一旦至此！」
> 安國曰：「非也。吾兄自以為人臣不當避怨，四海九州之

怨悉歸於己,而後可為盡忠於國家。」俠曰:「未聞堯、
舜在上,夔、契在下,而有四海九州之怨者。」[4]

王安國也認同鄭俠所稱王安石「為小人所誤」,感傷王安石將四
海之怨自我承擔,但是鄭俠認為以宋神宗之英明與王安石之賢
能,本不該讓百姓有所怨言。

三 詩歌探微

鄭俠在〈同子忠上西樓〉一詩中,寫出對於新法施行所造成
弊端的感傷:

> 偶因送客上西樓,共愛佳城枕海陬。雁翅人家千巷陌,犬
> 牙商舶數汀洲。
> 風吹細雨兼秋淨,雲漏疏星帶水流。獨有單親頭早白,迢
> 迢東望不勝愁。[5]

「犬牙商舶數汀洲」,這也是鄭俠反對熙寧變法的原因,形容在
變法制度下「商舶」之船都是犬牙,無論是商人或朝廷官員的
船,都是用來聚斂百姓財物的。雖然有心上諫朝廷,卻又怕尊長
擔憂,所以才說「獨有單親頭早白」,才會「迢迢東望不勝愁」,
心中自是擔憂不已。

---

4 (清)畢沅著《續資治通鑑》,臺北市,世界書局,1962年,卷71。
5 (宋)鄭俠著:《西塘集》,收於《景印文淵閣四庫全書》(臺北市:臺灣商務
印書館,1983年),第1117冊,卷9,頁31下。

〈和荊公何處難忘酒〉一詩：

> 何處難緘口，熙寧政失中。四方三面戰，十室九家空。
> 見佞眸如水，聞忠耳似聾，君門深萬里，安得此言通。[6]

直言寫出熙寧變法，以國家榮耀為變法目標，四處興戰，雖然勝戰連年，但是百姓卻不能安於田里，生活困苦，忠言逆耳的進諫。

鄭俠在〈示女子〉詩中直接說明了獻《流民圖》之後的遭遇：

第一段先說明此女子為其女：

> 吾生鮮兒婦，汝次今居首。柔惠少語言，天性非矯揉。
> 女生必有適，二親非終守。既嫁又他州，安能長相就。
> 幸然汝夫賢，純淑真汝偶。出門天其夫，禮律其來久。

其女柔惠少言，嫁至他州，一切以夫為天。「汝次今居首」，可知鄭俠曾有兒女不幸夭折。

第二段說明其女所嫁為鄭俠妹之子：

> 汝姑吾之妹，姑夫為汝舅。事舅如事父，事姑如事母。
> 三者無所闕，汝則無大咎。門內有尊親，門外有親友。
> 歲時或饋助，祭祀合奔走。一一無間言，乃可逃父醜。
> 治家在勤儉，臨財戒多取。誦經味其理，聖心良可究。
> 即事念慈和，無但勞吻味。善看育與蟾，二子吾珠鏐。

6　（宋）鄭俠著：《西塘集》，收於《景印文淵閣四庫全書》第1117冊，卷9，頁30下。

告戒女兒出嫁後必當用心侍奉姑舅，內外得宜、不要犯錯、扶助
親友、認真祭祀、勤儉持家、教育二子，才可以不侮父親教誨。

　　第三段說明二人相隔遙遠，憶及貶謫處境：

> 汝嫁既違鄉，吾遷又遠趣。東去十八程，西來二十九。
> 三四千里間，吾視堂猶牖。人生否與泰，正若夜隨晝。
> 但當道無虧，不愧載與覆。憶昨汝初生，時吾心有負。
> 以為臣事君，即是子事父。閨門有危難，誰不在悍疢。
> 推其愛父心，誰不得前剖。幸為男兒身，許國自結綬。
> 安能冷眼看，終不一開口。封章重十上，夫豈避鼎斧。
> 南州雖譴逐，萬死蒙恩宥。行行出國門，母馬吾徒步。
> 汝生未三月，正當時褓乳。雪片落鵝毛，霜簷懸凍溜。
> 汝母斂汝身，寒風裂雙肘。驅馳僅逾時，粗糲不敢吐。
> 殘春到貶所，歲卯俄及丑。

由女兒遠嫁，與自己貶所相距遙遠，思及一片忠心獻上《流民
圖》卻遭貶謫一事，當時女兒剛出生，自己未能盡責照顧，以為
事君當如父，所以不顧危難，以愛父之心，不避刑難，上書九
重，因此被譴責英州，但是仍感念國君不殺之恩。

　　被貶之時，正值寒冬，大雪紛飛，因女兒尚在襁褓之中，所
以妻子抱著女兒乘馬，鄭俠徒步走至貶所，直至春天才到達。當
時妻子以身體緊抱女兒怕其受凍，努力吃下粗食，為的就是哺育
女兒。此段詩歌寫出鄭俠被貶時對於神宗的不怨，與惡劣天氣下
全家共同護衛的心境。

　　第四段說明哲宗繼位，高氏太皇太后垂簾聽政，得到蘇軾等
人推為泉州：

　　　　汝時年十二，稍稍近針縷。是歲真龍躍，重明登九五。
　　　　湛恩被遐荒，漸漬到枯朽。拜命走親庭，便道從海浦。
　　　　既見汝姑賢，汝乃吳氏婦。

「是歲真龍躍，重明登九五。」指哲宗立，因蘇軾、孫覺表言
之，為泉州教授。至海邊之地任職。
　　第五段說明哲宗親政，元符年間再被貶謫：

　　　　我乃緣他人，譴斥循其舊。人皆念再逐，道路或攢皺。
　　　　我以臣子心，等視如榮授。人生無患難，憤勵亦何有。
　　　　況茲尋前道，復見迎賢侯。旬月得相聚。天與幸誠厚。
　　　　君命不可緩，病已斯馳驟。南北出靡常，惟祈各宥壽。
　　　　舉足念其身，行幽如白書。又當夙夜間，敬戒其君子。
　　　　神靈依正直，惟仁孝是佑。書信或往來，知汝無病苦。
　　　　為婦洎為母，皆不處人後。定當舉家歡，相慶酌大斗。
　　　　勝彼淚滂沱，臨期一杯缶。[7]

寫哲宗元符七年，再竄於英。卻不因再次遠謫而有所埋怨，因為
忠貞被貶，等同榮耀加身，要求子孫正直不二，以仁孝為佑。

7　（宋）鄭俠著：《西塘集》，收於《景印文淵閣四庫全書》第1117冊，卷9，頁
　　10下。

鄭俠詩歌中可看出其與友人相交，置生死於外之情的有〈古
交行〉一詩：

> 大海有時竭，此心瀝不乾。厚地有時坼，此心無裂文。
> 持此以相照，百練青銅昏。用此心相惠，貝璧黃金盤。
> 覿面有餘歡，背面無間言。德義以相高，慶譽以相先。
> 千古似一日，萬里如同筵。此為金石交，誰與知者論。[8]

詩意所指為對於此事件遭受連累的朋友，道出為百姓奮戰不變的
情感。前四句寫出與友相交的忠貞之心，不因任何外在磨難而更
變。五至八句，寫對友人直言進諫，用此心報答友人相交之情。
九至十二句，寫能得見面即深感欣慰，絕對不在背後說朋友的壞
話。以德義結交朋友，有榮耀先由朋友居功。十三至十六句，寫
不因時間的久遠而有所更動，也不因距離的遙遠而感到生疏，這
才是真正的朋友。此詩可以看出鄭俠的處世態度，在《流民圖》
事件中，正因為重視對於王安石的論交情，所以想要力求補救，
這也是他對於王安石罷相，王安國被放還故里的感觸與心境。

王安石即說出對《流民圖》事件累及王安國的痛心，〈次韻
答平甫〉寫出深沉的傷痛：

> 高蟬抱谷悲聲切，新鳥爭巢誶語忙。長樹老陰欺夏日，晚
> 花幽豔敵春陽。雲歸山去當簷靜，風過溪來滿坐涼。物物

8　（宋）鄭俠著：《西塘集》，收於《景印文淵閣四庫全書》第1117冊，卷9，頁
14下。

　　此時皆可賦，悔予千里不相將。[9]

安石自比為飲清露的「高蟬」，罷相之後只能「抱谷」而泣，呂惠卿等「新鳥」卻在朝廷「爭巢」，讒言不斷。三、四句句寫朝廷臣子蒙蔽君王。五、六句則勸慰安國歸來一切都可以歸於平靜，大自然中物物都值得欣賞，最終對於自己不能在朝中保護安國，感到悔恨，所以《宋史》中才會說對使者泣下。

　　蘇軾在熙寧七年以後所寫〈董卓〉詩，即指《流民圖》事件的影響：

　　　公業平時勸用儒，諸公何事起相圖。只言天下無健者，豈信車中有布乎。[10]

此詩在諷刺王安石遭到呂惠卿、曾布背叛，如同董卓遭到呂布背叛史事[11]，所指即王安石親弟被用罪一事。此詩不只是明白的暗指王安石不任用真正的儒者，明確看出與鄭俠《流民圖》事件息息相關，特別是王安國被連累至下罪放還一事。

9　（宋）王安石著，李壁箋注，高克勤點校：《王荊文公詩箋注》（上海市：上海古籍出版社，2010年），頁892-893。

10　（宋）蘇軾撰：《蘇文忠公詩編註集成》，卷11，頁2087。

11　（宋）蘇軾撰：《蘇文忠公詩編註集成》，卷11，頁2087。查慎行註此詩：「周必大：《二老堂詩話》：陸務觀云：王性之謂東坡作王莽詩譏介甫云：入手功名事事新，又詠董卓云：豈信車中有布乎，蓋譏介甫爭市易事自相叛也，車中有布借呂布以指惠卿姓曾布，名其親切如此。」

四　小結

　　鄭俠的《流民圖》事件，代表的是宋朝開國以來重文人諫言的一大挫敗，實質上等同於一次文字獄，埋下了日後烏臺詩案的伏筆。代表熙寧變法的施行，已到達連宋神宗都無法喊停的處境，縱然地方反對聲浪不斷，但是丞相可以罷除，變法卻無法停止。

　　這事件的影響所及，變法換了更激進改革的官員主導，促使元豐年間新法的施行，更達到雷厲風行的地步，在烏臺詩案之後，北宋詩風更進一步走向江西詩派，重視格律，形式之美的藝術領域，不再輕易議論朝政。

　　鄭俠實已知道原因，在〈上皇帝論新法進流民圖熙寧六年三月二十六日〉中已說明新法確實使得北宋對外征戰連年告捷。所以神宗與朝廷不見朝廷外百姓的困苦，仍然執意變法。

　　宋代熙寧變法所重基本上是國家強盛，邊防鞏固，是一種共同利益的追求，但是財富的擁有一個國家原本的所有不變，朝廷稅收增加，人力徵召增加，自然百姓個人所擁有的私人財富有限，遇到天災時必定無法因應，解決的辦法只有國家中央救濟。如果地方官員不盡責上報災情，中央官員又掩蓋災情，自然無法發揮救濟功用。

　　有關《流民圖》事件中鄭俠以詩歌說理，與記載史事，鄭俠、王安石與蘇軾以詩歌議論朝政，諷比新法，化為平淡的語言，都在在表達出宋詩的特色。

第七章
以「詩」為鏡鑑「人」與「史」
——李若水忠愨詩情之更迭轉化探論

一　以史鑑人

　　深入閱讀史書所記載的李若水（1093-1127）之言行及其詩歌，可得見捨身取義深植在其思想，李若水是一心希望可以安養天年，在協助國家度過危難後能歸隱田園山林，如何魚與熊掌可以兼得，保全生命又完成自我出仕的使命，是士大夫一直堅持追求的使命，但在其短暫的三十五年生命之中，「本心」同時追求的「全生」與「取義」不得共得時，在出城議和的所有君臣之中，最終李若水選擇「取義」，留存了「南朝一人」的氣節。

　　《宋史》李若水在「類傳忠義傳」一中：

> 李若水字清卿，洺州曲周人，原名若冰。上舍登第，調元城尉、平陽府司錄。試學官第一，濟南教授，除太學博士。[1]

李若水是今日河北省曲周縣人，宋代太學分外舍、內舍和上舍，李若水依太學管道升級到上舍登第後，試學官為第一，最終成為

1　（元）脫脫等撰：《宋史》，卷446，〈列傳第二百五・忠義一〉，頁13160。

太學博士，足見其以學養深厚，得以晉身。《宋史·忠義傳》，立傳標準說道：

> 士大夫忠義之氣，至於五季，變化殆盡……真、仁之世，田錫、王禹偁、范仲淹、歐陽修、唐介諸賢，以直言讜論倡於朝，於是中外搢紳知以名節相高，廉恥相尚，盡去五季之陋矣。故靖康之變，志士投袂，起而勤王，臨難不屈，所在有之。及宋之亡，忠節相望，班班可書，匡直輔翼之功，蓋非一日之積也。[2]

據〈忠義傳〉所言「奉詔修三史，集儒臣議凡例，前代忠義之士，咸得直書而無諱焉。然死節、死事，宜有別矣。」將死節分為四等級：最上者為：「若敵王所愾，勇往無前，或銜命出疆，或授職守土，或寓官閒居，感激赴義，雖所處不同，論其捐軀殉節，之死靡二，則皆為忠義之上者也。」這是勇往直前，為守疆土，死於敵前，或以死殉節者。次者「若勝負不常，陷身俘獲，或慷慨就死，或審義自裁，斯為次矣；若蒼黃遇難，殞命亂兵，雖疑傷勇，終異苟免，況於國破家亡，主辱臣死，功雖無成，志有足尚者乎！」因戰敗被俘虜，功雖無成，主辱臣死為第二等級，本文李若水殉身於被俘虜之時所歸類應是此一等級。另有第三等忠義「若夫世變淪胥，毀跡冥遯，能以貞厲保厥初心，抑又其次歟！」所指為不肯屈服於敵前，不出仕隱居者。第四等為未曾出仕在民間以言語著述護衛國家，如「至於布衣危言，嬰鱗觸

2　（元）脫脫等撰：《宋史》，卷446，〈列傳第二百五·忠義一〉，頁13149。

諱，志在衛國，遑恤厥躬，及夫鄉曲之英，方外之傑，賈勇蹈
義，厥死惟鈞。」是指文化流傳的功用。[3]

（一）勇於議事

　　史書上記載的三段諫言得以採用的事蹟：

> 蔡京晚復相，子絛用事，李邦彥不平，欲謝病去。若水為
> 言：「大臣以道事君，不可則止，胡不取決上前，使去就
> 之義，暴於天下。顧可默默託疾而退，使天下有伴食之譏
> 邪？」[4]

李邦彥（？-1130），因為與蔡京（1047-1126）不合，對於蔡京
不避嫌進用蔡絛（1096-1162）一事，深感不悅，決定以生病為
由請去官職。李若水勸其不可，認為應該對徽宗直言進諫，縱使
因此遭罪，亦可以將蔡京政事不知避用其子一事，公諸天下，才
不愧對朝廷俸祿。但「伴食之譏」一語成讖，李邦彥在史書上被
評定成在當時位高權重，卻主張與金人和談，不肯有所作為的主
要人物。

> 又言：「積蠹已久，致理惟難。建裁損而邦用未豐，省科
> 徭而民力猶困，權貴抑而益橫，仕流濫而莫澄。正宜置驛
> 求賢，解榻待士，采其寸長遠見，以興治功。」凡十數

3　（元）脫脫等撰：《宋史》，卷446，〈列傳第二百五・忠義一〉，頁13150。
4　（元）脫脫等撰：《宋史》，卷446，〈列傳第二百五・忠義一〉，頁13160。

端，皆深中時病，邦彥不悅。[5]

李若水並且向李邦彥進言改革方式，認為當時朝廷積習弊病已久，國家經濟已經出現問題，應該要先省科百姓勞役，這樣還是不足以安定民心，仍需抑制權貴的驕橫、冗官太多又無所建樹等問題，希望李邦彥能扭轉當時朝廷局勢。

> 靖康元年，為太學博士。開府儀同三司高俅死，故事，天子當掛服舉哀，若水言：「俅以幸臣躐躋顯位，敗壞軍政，金人長驅，其罪當與童貫等。得全首領以沒，尚當追削官秩，示與眾棄；而有司循常習故，欲加縟禮，非所以靖公議也。」章再立，乃止。[6]

宋欽宗曾因高俅（？-1126）過世，要依禮哀悼，李若水勇於上諫，認為高俅位居顯位，但敗壞軍政，讓金人長驅直入，當加罪，甚而應追奪官職，讓世人知道其過失與受到的懲戒，不應依照舊禮加以厚葬給予殊榮。確實導正了朝野視聽。

如上三項記載，可以得見李若水進言對於朝廷政策的重要貢獻，是足以導正國君與朝廷的作為，有助於國政及民生。

（二）二次出使金國二次出城議和

由史書上的記載可以瞭解在靖康之難發生前，李若水已經被派任前往金朝議和多次，雖然力主和談並無法解決問題，但是朝

---

5 （元）脫脫等撰：《宋史》，卷446，〈列傳第二百五‧忠義一〉，頁13160。
6 （元）脫脫等撰：《宋史》，卷446，〈列傳第二百五‧忠義一〉，頁13160。

廷仍主張和談，李若水只能領命前往。宋欽宗第一次出城也是李
若水陪同，卻在第二次再次出城議和時，遭到金人要求欽宗易
服，這是讓李若水深切自責，以死守節的主要因素。

1　第一次隨王雲出使議和，許以三鎮賦稅

《宋史・忠義傳》說明：

> 欽宗將遣使至金國，議以賦入贖三鎮，詔舉可使者，若水
> 在選中。召對，賜今名，遷著作佐郎。為使，見粘罕于雲
> 中。[7]

李若水在這次贖回三鎮的派遣人員之中，被加以重任，賜以「李
若水」之名，見完顏宗翰（1080-1137）於雲中，希望得以用賦
稅贖回割讓的三鎮。這三鎮是王雲（？-1126）與宇文虛中
（1079-1146）第一次出使金國議和時所立下的和議合約。此次
因金國內部有多種不同想法，李若水並沒有完成使命。《宋史》
在宋欽宗靖康元年終對於第一次李若水出使金國議和有段記載：

> 八月甲午朔，錄陳瓘後。丙申，復命种師道以宣撫使巡
> 邊，召李綱還。……戊申，都統制張思正等夜襲金人于文
> 水縣，敗之。己酉，復戰，師潰，死者數萬人，思正奔汾
> 州。都統制折可求師潰于子夏山。威勝、隆德、汾、晉、
> 澤、絳民皆渡河南奔，州縣皆空。金人乘勝攻太原。錄張

7　（元）脫脫等撰：《宋史》，卷446，〈列傳第二百五・忠義一〉，頁13160。

> 庭堅後。乙卯，遣徽猷閣待制王雲、閤門宣贊舍人馬識遠
> 使于金國，祕書著作佐郎劉岑、太常博士李若水分使其軍
> 議和。……庚申，遣王雲使金軍，許以三鎮、賦稅。[8]

李若水第一次是在宋金激烈的的戰爭中前往金國議和，最終的答
案是對方不肯歸還太原、中山、河間三鎮。因為此時宋軍已經頻
頻戰敗，再加上金國將領的搶功與金國內部的權力爭奪，議和已
經不可行。

2　第二次隨王雲出使議和，得到三鎮不可得的結論[9]

宋欽宗本紀靖康元年十一月中記載，直至靖康元年十一月，
宋廷還在討論三鎮該不該棄守：

> 十一月丙寅，夏人陷懷德軍，知軍事劉銓、通判杜翊世死
> 之。籍譚稹家。戊辰，康王未至金軍而還。馮澥罷。己
> 巳，集百官議三鎮棄守。庚午，詔河北、河東、京畿清
> 野，令流民得占官舍寺觀以居。辛未，有流星如杯。壬
> 申，禁京師民以浮言相動者。癸酉，右諫議大夫范宗尹以
> 首議棄地罷。金人至河外，宣撫副使折彥質領師十二萬拒
> 之。甲戌，師潰。金人濟河，知河陽燕瑛、西京留守王襄
> 棄城遁。乙亥，命刑部尚書王雲副康王使斡離不軍，許割

8　（元）脫脫等撰：《宋史》，卷23，〈本紀第二十三·欽宗趙桓·靖康元年〉，
　　頁430。

9　鄭明寶：〈王雲靖康使金與「租稅贖三鎮」考述〉，《中華文史論叢》第119期
　　（2015年第3期），2015年9月，頁83。

> 三鎮，奉衮冕、車輅，尊其主為皇叔，且上尊號。丙子，
> 金人渡河，折彥質兵盡潰，提刑許高兵潰于洛口。金人來
> 言，欲盡得河北地。京師戒嚴。遣資政殿學士馮澥及李若
> 水使粘罕軍。[10]

此時西夏也進攻宋朝邊境，下詔河北、河東、京畿清野政策，百
姓開始流離失所，允許流民可以占據官舍，加以天有異象，朝廷
禁止人民傳言國家危亡。朝中大臣勸宋欽宗棄地逃亡，金人繼續
進攻，當時仍是康王的宋高宗前往議和，被要求稱金主為「皇
叔」，宋軍潰不成軍，京師戒嚴之時，欽宗再度派遣馮澥（1060-
1140）、李若水出使金國。〈忠義傳〉中說明此次出使雖已知國勢
危急，但李若水並未推辭職責：

> 纔歸，兵已南下，復假徽猷閣學士，副馮澥以往。甫次中
> 牟，守河兵相驚以金兵至，左右謀取間道去，澥問「何
> 如」？若水曰：「戍卒畏敵而潰，奈何效之，今正有死
> 耳。」令敢言退者斬，眾乃定。[11]

史書上對於金人反悔，決定再度攻下汴京的原因探討，除了金人
朝廷勢力二派相爭外，對於三鎮割讓金國的反覆態度，也是金人
決定擄走徽欽二帝的原因。[12]李若水歸京之後，金兵南下攻城，

---

10 （元）脫脫等撰：《宋史》，卷23，〈本紀第二十三・欽宗趙桓・靖康元年〉，
　　頁432。

11 （元）脫脫等撰：《宋史》，卷446，〈列傳第二百五・忠義一〉，頁13160。

12 鄭明寶：〈王雲靖康使金與「租稅贖三鎮」考述〉，《中華文史論叢》第119期
　　（2015年第3期），2015年9月。

又再度出使，但出使隊中大家相謀放棄使命，各自奔逃，李若水
此時已有死節之義，下令有進言奔逃放棄使命者斬殺，足見其明
知不可為而為之的節操：

> 既行，疊具奏，言和議必不可諧，宜申飭守備。至懷州，
> 遇館伴蕭慶，挾與俱還。及都門，拘之于沖虛觀，獨令
> 慶、澥入。既所議多不從，粘罕急攻城，若水入見帝，道
> 其語，帝命何㮚行。㮚還，言二人欲與上皇相見，帝曰：
> 「朕當往。」明日幸金營，過信而歸。擢若水禮部尚書，
> 固辭。帝曰：「學士與尚書同班，何必辭。」請不已，改
> 吏部侍郎。[13]

李若水在受命再度出使時，已知和談不可行，上書欽宗必要加強
守備，本次出使還未到雲中，就被蕭慶（？-1140）挾持回汴
京，到城門口時，李若水被拘留在沖虛觀中，蕭慶和馮澥入宮中
說服欽宗，但欽宗並不願意聽從。至金兵攻城勢不可當之時，蕭
慶才讓李若水入京勸諫欽宗。欽宗聽從李若水建議，請何㮚
（1089-1127）出城議和，何㮚回報與李若水希望見徽宗，讓徽
宗出城和談。欽宗認為自己應該親自前往，於是第二天共同前往
金人軍營，訂立割地賠款的條約。安全回京後宋欽宗加給李若水
尚書官職，李若水認為自己雖然協助度過金兵攻城危機，但割地
賠款並不是立功，堅辭不受。

---

13 （元）脫脫等撰：《宋史》，卷446，〈列傳第二百五‧忠義一〉，頁13161。

（三）慷慨赴義

欽宗議和被俘，李若水「以刃裂頸斷舌而死」慷慨赴義封「忠愍」一事：

> 二年，金人再邀帝出郊，帝殊有難色，若水以為無他慮，扈從以行。[14]

史書記載，欽宗擔憂二次出城談和的危險，李若水則認為本次應該無慮。但宋孝宗繼位後要幫宋欽宗立祠時，卻認為此次出城是失策，縱使李若水是此時唯一盡忠死節者，仍不得配饗於欽宗之側。宋欽宗本紀記載靖康二年正月出城一事：

> 二年春正月辛卯朔，命濟王栩、景王杞出賀金軍，金人亦遣使入賀。壬辰，金人趣召康王還。遣聶昌、耿南仲、陳過庭出割兩河地，民堅守不奉詔，凡累月，止得石州。甲午，詔兩河民開門出降。乙未，有大星出建星，西南流入于濁沒。丁酉，雨木冰。己亥，陰曀，風迅發；夜，西北陰雲中有如火光。庚子，金人索金銀急。何㮚、李若水勸帝親至軍中，從之，以太子監國而行。乙巳，籍梁師成家。丙午，劉韐自經于金軍。太學生徐揆上書，乞守門請帝還闕。金人取至軍中。揆抗論為所殺。至夜，金人劫神衛營。丁未，大霧四塞。金人下含輝門剽掠，焚五岳觀。[15]

---

14 （元）脫脫等撰：《宋史》，卷446，〈列傳第二百五‧忠義一〉，頁13161。

15 （元）脫脫等撰：《宋史》，卷23，〈本紀第二十三‧欽宗趙桓‧靖康二年〉，頁435。

朝廷已經割二河之地，宋民堅持守城不奉詔。金人放還康王，何
稟、李若水勸欽宗親自前往金營，欽宗以太子監國，去了金營，
此去就沒能再回汴京。同時劉韐（1067-1127）在金軍勸降時上
吊自盡。金人攻陷汴京。〈忠義傳〉中記載此次李若水護衛欽宗
的過程：

> 金人計中變，逼帝易服，若水抱持而哭，詆金人為狗輩。
> 金人曳出，擊之敗面，氣結仆地，眾皆散，留鐵騎數十守
> 視。粘罕令曰：「必使李侍郎無恙。」若水絕不食，或勉
> 之曰：「事無可為者，公昨雖言，國相無怒心，今日順
> 從，明日富貴矣。」若水歎曰：「天無二日，若水寧有二
> 主哉！」其僕亦來慰解曰：「公父母春秋高，若少屈，冀
> 得一歸覲。」若水叱之曰：「吾不復顧家矣！忠臣事君，
> 有死無二。然吾親老，汝歸勿遽言，令兄弟徐言之可
> 也。」[16]

史書上記載了這一段金人要求欽宗易服，李若水不顧自身安危勇
於護衛欽宗，辱罵金人，完顏宗翰告誡守兵，需使李若水安全無
恙，李若水仍絕食抗議。左右勸其事情已經無可挽回，保全生命
仍可孝敬父母，李若水以忠臣不侍二主，選擇忠君報國。[17] 又：

---

16 （元）脫脫等撰：《宋史》，卷446，〈列傳第二百五・忠義一〉，頁13161。

17 其子李淳書為其詩集寫下後記所說：「靖康禍變，敵騎長驅，四郊多壘猛不
可當。所在望風土崩瓦解，欽宗皇帝擢先公於庶官兩持使者節入尼瑪哈軍，
誓欲捐軀以濟艱危，青城之死素定於臆中，非一時不得已而為之者，於戲人
誰不死，先公之死酷矣。頤已解舌已斷猶奮罵噴血，終至於身首異處。當此
之時天地為之變色，日月為之無光，戰士為之嗟惋，敵帥為之羞畏。先公已

後旬日，粘罕召計事，且問不肯立異姓狀。若水曰：「上
皇為生靈計，罪己內禪，主上仁孝慈儉，未有過行，豈宜
輕議廢立？」粘罕指宋朝失信，若水曰：「若以失信為
過，公其尤也。」歷數其五事曰：「汝為封豕長蛇，真一
劇賊，滅亡無日矣。」粘罕令擁之去，反顧罵益甚。至郊
壇下，謂其僕謝寧曰：「我為國死，職耳，奈併累若屬
何！」又罵不絕口，監軍者撾破其唇，嗼血罵愈切，至以
刃裂頸斷舌而死，年三十五。[18]

李若水在與徽、欽二帝被俘之時，經過多日絕食，仍不改其死
志，在就義前仍不放棄說服金國，釋放欽宗回朝。但是金人以宋
朝不肯依議和所立割地之約失信為由與李若水辯論，直至遭受極
刑之前，李若水仍「罵愈切」，不失士大夫的節操。

（四）配饗爭議

〈忠義傳〉中說明高宗給了李若水「忠愍」的諡號：

寧得歸，具言其狀。高宗即位，下詔曰：「若水忠義之
節，無與比倫，達於朕聞，為之涕泣。」特贈觀文殿學

死適我大父母皆耄年，故事迹中畧其所以死，重貽二老人之深憂也。獨稀歸
費守樞為先公文集序。今鋟木於蜀中能不沒，其實得以取信至乾道中諸父淪
亡因於祕稿中，又得其遺事始盡事之本末，淳懼歲月侵尋世不得而知之，他
日當列諸朝祈補史之闕文諸先公雖死謂之不死可也孤浚淳泣血書。」其書被編
撰之時，李若水雙親仍然在世。（宋）李若水：《忠愍集》，收於《景印文淵
閣四庫全書》（臺北市：臺灣商務印書館，1983年），1124冊，頁694。
18 （元）脫脫等撰：《宋史》，卷446，〈列傳第二百五・忠義一〉，頁13161。

士，諡曰忠愍。死後有自北方逃歸者云：「金人相與言，
『遼國之亡，死義者十數，南朝惟李侍郎一人』。臨死無
怖色，為歌詩卒，曰：『矯首問天兮，天卒無言，忠臣效
死兮，死亦何怨？』聞者悲之。」[19]

李若水「忠愍」的諡號是宋高宗追封的，原因是宋高宗朝廷穩定
之後，有從北方歸來的臣子記錄下李若水臨危前的表現。臨死無
怖色，連金人都為其所折服。時人為其盡忠而死，立詩紀念，同
樣也是所有處於靖康亂世之中，所有士大夫「問天」的悲切。

在記載宋高宗即位的本紀有說明：

五月庚寅朔，帝登壇受命，禮畢慟哭，遙謝二帝，即位于
府治。改元建炎。大赦，常赦所不原者咸赦除之。……贈
吏部侍郎李若水觀文殿學士，諡忠愍。[20]

宋高宗登基不久，很快就賜李若水「忠愍」諡號。諡法意思在國
遭憂曰愍，在國逢囏曰愍，禍亂方作曰愍，使民悲傷曰愍，李若
水「愍」字具有傷痛至極的悔恨之意。

主戰派的李綱，也認同李若水的主和與出城議和是不得不然
的決定，但是：

綱又言：「近世士大夫寡廉鮮恥，不知君臣之義。靖康之
禍，能仗節死義者，在內惟李若水，在外惟霍安國，願加

---

19 （元）脫脫等撰：《宋史》，卷446，〈列傳第二百五·忠義一〉，頁13161。
20 （元）脫脫等撰：《宋史》，卷24，〈本紀第二十四·高宗趙構〉，頁444。

贈恤。」上從其請，仍詔有死節者，諸路詢訪以聞。[21]

這段記載中顯現出李若水在當時死節的重大意義，李綱認為當時和議之中可說守節的只有李若水一人。宋理宗時常挺（1205-1268）也曾經建議李若水配饗宋高宗：

常挺字方叔，福州人。嘉熙二年進士。歷官為太學錄，召試館職，遷祕書省正字兼莊文府教授，升校書郎。輪對，乞以李若水配饗高宗。[22]

常挺乞請李若水配饗宋高宗，最終仍不得其請。直至清代乾隆在編修四庫全書時，以金國後裔女真人的立場在〈御題李若水忠愍集〉，認為李若水不投降金朝是「克臣全節」：

主和誤國，罪奚辭，即使弗和，禍亦隨，或謂若水初亦頗主和議，卒能慷慨殉節足以自贖，夫以和議為非自屬正論，第彼時宋勢日弱金勢日強，求和固適以自趣其亡，即不請和亦未必能禦敵而倖免於禍。非有識者未易見及此耳。[23]

說明李若水與主和派雖是北宋亡國主因之一，但是宋朝當時國力已經不如金朝，縱然主戰也是未免會遭受到亡國之禍。乾隆確實看出了宋朝主和主戰二派之爭，主和派在史書的記載被歸咎為亡

21　（元）脫脫等撰：《宋史》，卷358，〈列傳第一百一十七・李綱上〉，頁11254。
22　（元）脫脫等撰：《宋史》，卷421，〈列傳第一百八十・常挺〉，頁12593。
23　（宋）李若水：《忠愍集》，收於《景印文淵閣四庫全書》1124冊，頁657。

國的主因是不夠客觀的。也認為李若水主和是不得不做的抉擇，但是最後能「慷慨殉節」，足以洗清其誤國罪名。〈御題李若水忠愍集〉云：

> 慷慨捐軀誠可尚，詩文成集合教垂，浩然之氣塞天際，不幸而生革命時，全彼忠還申己義，事非得已慘何為。若水屬志不屈，捐軀以成其忠，克全臣節，亦其生辰之不幸。然大金當革命之時自非若水之所得，而抗殺之以全其名，亦即以申己之義其事本非得已。[24]

乾隆認為李若水捐軀報國的忠義典範得以留存，主要在於當時「大金」因為不接受其抗議而加以極刑，一轉為其先祖「大金」辯論，認為「大金」因此得以讓李若水名垂千古，而且「大金」在革命建國初期，不得不對於反抗之士處以極刑，以立威信。又曰：

> 苐解頤斷舌處之太慘，金將尼瑪哈實不免過當，夫金宋在當時猶敵國也。若明永樂簒逆於不附已者，橫加誅戮則皆其本朝臣子，且洪武所留貽者乃俱戕賊，不顧其於天理，澌滅殆盡，甚且投鐵鉉於鑊剝景清之皮，則殘忍慘毒尤非人類所為，向每為之不平，茲論李若水事因併及之。[25]

最後總結題此書序主旨在為「大金」的不得不對李若水處以極刑

---

24 （宋）李若水：《忠愍集》，收於《景印文淵閣四庫全書》1124冊，頁657。

25 （宋）李若水：《忠愍集》，收於《景印文淵閣四庫全書》1124冊，頁657。

說明，認為當時二國是敵國，並舉明朝初期宗廟之變為例，認為明成祖在靖難之役中以極刑殺害明朝忠臣，才是不顧天理。得以瞭解乾隆特別為李若水詩集題序的原因，在於肯定其忠義與主和作為，並且為其先祖「大金」的作為加以辯駁。

二　以詩鑑人與史——「皦然與日月爭光」

李若水詩歌多有亡佚，《忠愍集》提要中說明：

> 〈臣〉等謹案忠愍集三卷，宋李若水撰。若水本名若冰，欽宗為改今名，字清卿，曲周人。靖康初，以上舍登第，由太學博士歷官吏部侍郎，從欽宗如金營，以力爭廢立，不屈死。建炎初，贈觀文殿學士諡忠愍。事跡宋史本傳，《書錄解題》載《李忠愍集十二卷》，蓋以其追諡名集。劉克莊《後村詩話》作《忠烈集》當由傳寫之誤。《宋史藝文志》作十卷。考《書錄解題》稱後二卷為附錄其死節時事宋志蓋，但舉其詩文其實一也。[26]

李若水當金兵攻城之時初亦頗主和議，但最後能奮身殉節，使敵人相顧嘆息，其末路足以自贖，後人以忠義稱之。又評曰：

> 原其心也，其詩具有風度而不失氣格，其文亦光明磊落，肖其為人南宋時蜀中有鋟本劉子翬《屏山集》有〈題忠愍

26　（宋）李若水：《忠愍集》，收於《景印文淵閣四庫全書》1124冊，頁658。

集詩詞〉極悲壯。今原集不傳茲就《永樂大典》中所散見者掇拾編次釐為三卷，以建炎時誥詞三道附錄於後。其子淳跋是集云〈稱歸費守樞為先公作文序〉，能不沒其實，今費序已無，惟淳跋僅存亦併附諸篇末，雖蒐羅非復蜀本之舊，然唐儲光羲詩格古雅其集亦哀然具存，徒以苟活賊庭身污偽命，併其詩亦不甚重，至於張巡所作僅〈聞笛〉及〈守睢陽〉兩篇而編唐詩者無不采錄，豈非以忠孝者文章之本耶，今若水詩文尚得三卷，不止巡之兩篇矣，殘編斷簡固皦然與日月爭光也。[27]

《四庫全書》編者認為李若水以忠義之心創作，詩文光明磊落，不應當因為主張議和而詩文被散落。其詩作記史的價值不亞於唐人張巡〈聞笛〉、〈守睢陽〉兩篇之作，編選唐詩的人不忘選錄張巡詩，編選宋詩者更應當重視若水之詩。「忠孝者文章之本」，彰顯其與日月爭光之節操。宋人劉子翬（1101-1147）〈讀李忠愍文集〉中寫出：

英姿直節想堂堂，不忍偷生向擾攘。二帝蒙塵方幸虜，六臣奉璽更朝梁。身輕欲抗豺狼怒，名在終同日月光。曾與先君共襃錄，拊編交感淚浪浪。[28]

---

27 （宋）李若水：《忠愍集》，收於《景印文淵閣四庫全書》1124冊，頁658。

28 （宋）劉子翬：〈讀李忠愍文集〉：「英姿直節想堂堂，不忍偷生向擾攘。二帝蒙塵方幸虜，六臣奉璽更朝梁。身輕欲抗豺狼怒，名在終同日月光。曾與先君共襃錄，拊編交感淚浪浪。」傅璇琮：《全宋詩》，卷1920，頁21434。

劉子翬的父親是在靖康之難時出使金營，拒絕投降，上吊而死的劉韐，所以道出「曾與先君共襃錄，拊編交感淚浪浪。」對於李若水的詩文更有共鳴感，寫李若水也紀念其父。「身輕欲抗豺狼怒，名在終同日月光」二句寫出士大夫為國盡忠，得以留名青史。

靖康時期的危亡情勢，其實李若水是早已看出的，但是明知其不可為而為之的忠義思想，讓李若水還是義無反顧的前往赴難，據其詩中〈鐵冠道士寄書〉：

> 金甲將軍傳好夢，鐵冠道士寄新書。我與雲長隔異代，翻疑此事太荒虛。[29]

寫到夢見關公詔見，又有道士寄書預言了靖康之難，雖以神怪之說表述，事實上李若水是以夢境訴說當時朝野官民的憂思，朝廷與百姓都可以預料最終結果，此詩以夢寫真，以虛幻寫現實，詩中已經寫出其報效國家的忠義情感。

李若水以詩言志，記史寫情，詩歌創作融合在生活之中，在其詩作之中常有描寫之語。〈次韻高子文途中見寄〉：「趁取重陽復詩社，要看紅葉醉西風。」[30]希望可以再見太平盛世，再共同相聚、〈次韻張濟川雪〉：「氣淩詩骨賤毫健，味借茶甌齒頰

---

29 （宋）李若水：〈鐵冠道士寄書〉附錄：「《睽車志》：『忠愍公若水，宣和壬寅尉大名之元城，有村民持書至，云：關大王有書。公駭愕，發其書，皆預言靖康禍變。以事涉怪，即火其書，作詩紀之云云。』」傅璇琮：《全宋詩》，卷1806，頁20122。

30 傅璇琮：《全宋詩》，卷1806，頁20115。

香。」[31]以茶與詩為平日交際應酬之常物、〈從趙彥特求茶〉：
「為覓春風洗殘夢，要令詩思敵澄江。」[32]茶與詩是當時李若水
品賞生活的方式，由其詩作中可以得見用心與醉情創作。在〈與
沈信翁對飲憶雍節夫高子文〉詩中就說明吟詩言志是他與友人共
同的喜好：

> 北門昔日吾三友，今日樽前得一人。雍老滑稽垂白首，高
> 郎文雅最青春。一飛小篆追秦相，兩吐新詩近楚臣。落落
> 星辰各千里，請君休說恐傷神。[33]

寫出往日在閒暇之餘，三人一起寫詩，而今各自在千里之外，更
有「楚囚南冠」，心懷故里不得歸去的情傷。

　　本章就李若水的作品，分三方面論述，在剛方勁正，積極立
志氣象、亂事書寫、期望經世濟民後歸隱情懷等三方面的情感所
呈現的李若水忠義圖像。期望以詩作為鏡，借鑑李若水其人與靖
康史事。

（一）「剛方勁正」，積極立志氣象

　　趙希齊〈忠愍集原序〉稱美李若水：「今讀公之遺文，則知
公之忠肝義膽。每每發於篇詠，而見於書疏。一旦蹈白刃而不懼
者，蓋其平日之志如此。故嘗論之，以為忠愍公之文章如顏魯公
之字畫，剛方勁正，不折不沮之氣，開卷凜然。雖使不知其事

31　傅璇琮：《全宋詩》，卷1806，頁20116。
32　傅璇琮：《全宋詩》，卷1806，頁20117。
33　傅璇琮：《全宋詩》，卷1806，頁20121。

者，見之亦足以知其為忠臣義士。」[34]以顏真卿（西元709-785年）至死效忠於唐，如同李若水被擄仍至死不屈，最終成仁之忠義事蹟並列，更以顏真卿之字畫所顯現之「剛方勁正」比喻李若水之文。本節分析在亂世中李若水如何堅守自己的本分，詮釋其詩歌之中所具備的「剛方勁正」之氣。

在〈送宋周臣赴殿試〉中可以見其期許友人的情懷，也是李若水自己對於任職朝廷的積極期許：

> 近侍傳呼到集英，參差宮殿曉霞明。丹墀日對三千字，雲翼風高九萬程。天子臨軒應動色，諸生閣筆總銷聲。臚傳指日承新渥，千佛名經第姓名。[35]

集英殿是宋太祖趙匡胤（西元927-976年）所建北宋宮殿群中之建築，命名廣政殿，宋仁宗天聖十年（1032）後更名為集英殿。宋徽宗政和五年（1116）又更名為右文殿，所以此作是在宋徽宗政和五年前所做，靖康二年（1127）前十一年的作品。此時李若水的年齡應該是小於二十四歲。對於友人可以進京面見天子，充滿了對國家的希望與積極立志，以及揚名千古的志氣。在〈送公實兄赴省試〉中也表現出積極進取的心志：

---

34 〈忠愍集原序〉：「世人之所甚懼者惟死耳、嗟夫鄙哉死亦何足懼也。古之人有不肯輕用其死者，曰：吾未獲死所，苟獲其所尚何懼夫？衽席之上足以死，飲食之間足以死，畏怒厭溺皆足以死。與其死於是數者，孰若死於忠義？忠義死之所也，雖然非烈丈夫疇克能之？忠愍李公死於靖康之變，英烈皎然，千古不泯。……噫！古人已矣，孰謂語言翰墨不可以見士之節操也哉。」收錄自（宋）李若水：《忠愍集》，收於《景印文淵閣四庫全書》1124冊，頁659。

35 傅璇琮：《全宋詩》，卷1806，頁20120。

　　吾君邁周王，於今盛文化。學郎紛萬輩，戰藝雙闕下。公乎筆如椽，風雨供飛灑。燕楚何足吞，此行定應霸。三世守墨莊，一朝騰紙價。況值求賢秋，宣室政延賈。輕雲飛隴頭，車輪去如馬。快哉上林春，杯酒須勤把。[36]

認為今日的朝廷是如同周朝的盛世，期許兄長可以貢獻所學。相信兄長可以在京城有所作為，能夠安邦定國。全詩充滿對於朝廷有著正向積極的心情。

　　在〈紅梅〉一詩中，以紅梅自比：

　　東風一戲劇，會使紅綠爭。粲粲牆角花，朝霞翦芳英。自憐冰雪志，猥與桃杏并。未應素節改，但覺羞顏頳。孤標翳塵土，疏香掩蓬荊。遊蜂頗知己，飛繞千回輕。其奈逐臭夫，對之白眼橫。主人情不薄，愛君成瘦生。今來攝從事，吏課殊少程。何時把杯酒，一洗千枯榮。[37]

紅梅如同自己有著冰雪之志，與桃花、杏花相比，雖然不若當朝的文人般耀眼，但是節操卻不為所動。懂得賞識紅梅的遊蜂才是李若水知己。與友人把酒之時，仍舊自許為政為民保持節操，不為官場其他人所影響與動搖。在〈開德天王臺詩〉中更展現出其胸懷國事的壯志：

　　還家十日坐井底，北風吹我上高臺。亭亭寒日光彩薄，幕

---

36 傅璇琮：《全宋詩》，卷1806，頁20116。
37 傅璇琮：《全宋詩》，卷1806，頁20106。

空雲影低徘徊。半折老木臥崖腹，銜枯野鵲時到来。沙飛客眼展不盡，雉樓向我爭崔嵬。故人天涯雲水隔，童背酒壺聊自開。胸中疊砢澆不下，旁人已嘲紅滿腮。西湖百步水作界，北城萬瓦煙成堆。十年黃土浣雙足，把筇今日踏霜苔。登高能賦我輩事，莫惜淡墨留牆隈。後日重來拂石坐，山陰陳跡空自哀。[38]

此詩充滿凌雲壯志，雖然還家居住十日，卻仍是胸懷天下，不願意當井底之蛙，眼前的壯闊景色，群山疊繞，如同自己護衛國家的壯志。就算黃土再使雙足深陷，霜苔致使前路難行，仍然不阻礙他報國的決心。登高立志對國家有所貢獻，留名千古。遙想當年王羲之（西元303-361年）與重賢士會於會稽山陰之蘭亭，起千古興懷之感，在有限的時光之中，希望有所作為。

（二）亂事書寫

　　李若水出生於宋哲宗元祐八年（1093），在宋代，這一年具有重大意義，即是太皇太后高氏垂簾聽政的時期結束，宋哲宗親政，將蘇軾等人貶謫，朝廷任用章惇（1035-1105），意在恢復宋神宗宗時期的改革新法。可見李若水是沒經過宋代黨爭，其所學習的應該也是變革的新法，這段時期宋朝已經發生過多起文字獄，包含蘇軾（1037-1101）的烏臺詩案、蔡確（1037-1093）的車蓋亭詩案、黃庭堅（1045-1105）因為修神宗實錄詆毀新法被貶，宋朝的詩歌論政風格從勇於議論時事，轉而不議論朝政重視

38　傅璇琮：《全宋詩》，卷1806，頁20112。

詩歌典故與對仗藝術風格的江西詩派。

因此李若水詩歌之中所呈現的社會寫實與民生疾苦,更能顯現新法的施行,造成了哪些弊端,也提供了讀者從另一個視野認識宋代國家與百姓發生了哪些事情。

1　執行熙豐新法面對的問題

宋代新法的「保甲法」施行,本意是各地方人民可以自組防衛隊伍,安定與護衛地方治安,減輕中央財政的負擔,中央施行募兵制,募兵的財源由百姓負擔,邊疆百姓又有「保馬法」可以自行豢養戰馬,本意是減輕朝廷財務支出良善的法令,但是在中央兵力疲於應戰邊防之時,地方民兵武力越來越壯大之時,就會造成地方民變的嚴重後果。《大宋宣和遺事》、《水滸傳》就是記載此事的著名小說。

李若水以中央政府的視野,寫出「保甲法」的問題〈捕盜偶成〉作品:

> 去年宋江起山東,白晝橫戈犯城郭。殺人紛紛翦草如,九重聞之慘不樂。大書黃紙飛敕來,三十六人同拜爵。獰卒肥驂意氣驕,士女駢觀猶駭愕。今年楊江起河北,戰陣規繩視前作。嗷嗷赤子陰有言,又願官家早招卻。我聞官職要與賢,輒咱此曹無乃錯。招降況亦非上策,政誘潛凶嗣為虐。不如下詔省科繇,彼自歸來守條約。小臣無路捫高天,安得狂詞裨廟略。[39]

39　傅璇琮:《全宋詩》,卷1806,頁20113。

此作寫宋江（生卒年不詳）事件與楊江（生卒年不詳）民變，都具有存史功用。李若水顯而易見是站在官方的立場，認為宋江事件造成百姓大量傷亡，朝廷用招安的方式實為不妥，解決問題的根本是將這些賞賜給民亂首領的財源節省下來，減輕地方稅源與百姓負擔，才是安邦定國之策。如果用招安的方法反而會導致各地民變四起。李若水認為加以圍捕叛亂者，解決人民賦稅與勞役繁重的問題，才能解決根本問題，否則各地民亂將四起。全詩對於當時民變的慘烈及造成的傷害多有描述。詩歌中舉例說明當時正在發生的楊江起義事件就是例子。李若水當時任職「大名府元城縣尉」，發生了楊江與當地百姓起義反叛的事件，朝廷與楊江雙方都希望可以以招安方式處理。史書記載十數萬人攻打大名府，朝廷政策仍然主張招安，李若水卻主張招安無法治本，宋江招安加官晉爵之後，楊江等人紛紛效法，隨後又有方臘（？-1121）之亂。可見李若水此作作於宣和二年十一月之後，如李若水預言，宣和三年（1121）八月之前方臘也以賦役繁重，官吏欺民，朝廷年年廣徵稅役，提供給外夷當歲幣，百姓無法令其妻與子可得一日飽食說法，感動數萬人，與其一同興起民變。

　　李海英在所著〈宋江三十六人受招安之地及時間考〉認為〈捕盜偶成〉中所記載宋江是接受招安不是兵敗被擒：

　　　　而〈折可存墓誌〉記載：「不逾月繼獲（宋江）」明顯失實，言稱「繼獲」宋江是有違事實的譽墓所為。但是〈折可存墓誌〉記載的「不逾月繼獲」，為考證宋江接受招安的具體時間提供了一個證據。宋徽宗于宣和四年正月十一日下詔剿滅宋江，「不逾月」宋江即接受招安，宋江接受

招安的時間應該在宣和四年二月。《水滸傳》八十二回
〈梁山泊分金大買市，宋公明全夥受招安〉中寫到宋江于
「宣和四年二月」受招安，三月上旬率部開進東京開封府
城。這個時間與推考的時間一致，從時間節點推測，宋江
接受招安後，率部入城的時間或應如《水滸傳》所言，在
「宣和四年三月」上旬。[40]

折可存（1096-1126）是北宋將領，他雖然平定了宋江起義與方
臘之亂，[41]卻不見記錄於《宋史》中，因其家族成員折可求投降
於金，成為金朝將領。折氏家族自後晉至北宋歷代都鎮守西北，
是武將世家。折德扆（西元917-964年），就是楊家將中折太君的
父親。〈折可存墓誌〉是一九三九年出土的，全名是〈宋故武功
大夫、河東第二將折公（可存）墓志銘〉。其中說明了平定了折
可存先平定方臘起義，官級升了兩級，回朝後領命出征才滅了宋
江的起義。所以宋將被招安之後又征方臘時間前後出現了矛盾。

　　漢白在所著〈宋江投降與從征方臘史實考辨〉認為，自李若
水的〈捕盜偶成〉詩被揭出以後，長期爭論的宋江投降與從征方
臘問題仍然沒有解決。[42]事實上李若水與史學家及當時百姓所站
在觀看事情的角度不同，自然不會有共同的答案，正因為其不
同，更可以顯示李若水詩歌留存是值得珍藏的。

---

40 李海英、桂士輝：〈宋江三十六人受招安之地及時間考──析李若水紀實詩
　《捕盜偶成》〉，《邯鄲職業技術學院學報》第25卷第3期（2012年9月），頁8。
41 宋徽宗宣和二年（1120）十一月經常發生的方臘民變是農民起義事件，在宣
　和三年（1121）八月平亂並沒有採招安方式。
42 漢白：〈宋江投降與從征方臘史實考辨〉，《松遼學刊（社會科學版）》1985年
　1期。

當時社會的景象由其〈百井寨次高子文留題原韻〉中可見：

> 破籬殘屋是誰家，一片斜陽萬點鴉。駐馬岡頭無處問，溥
> 溥清露濕黃花。[43]

當時李若水經過之處是斷垣殘壁，駐馬四顧，絕無人煙，詩作之
中顯現出北宋末年經過民亂和外夷侵略後的民間景象，增補史書
上對於戰亂的記載。在〈謝人惠魚兔蟹〉中寫出當時生活的困苦：

> 昔時藜莧田隴頭，近時薑鹽學舍裡。腹不成瘦腸有雷，何
> 郎萬錢其敢企。
> 當年守株披褐衣，亦嘗臨淵羨魵尾。餘力種黍延霜螯，計
> 拙謀粗何足紀。
> 罷官三月突無煙，兩親白頭欠甘旨。此身分為飢所驅，旋
> 秣羸驂訴知己。
> 蓬萊高人愛詩客，邀坐綠齋嘗玉蟻。敢嫌寸祿消息遲，數
> 品珍羞供一喜。秦丞相追上蔡遊，張步兵對秋風起。盜鄰
> 吏部手持杯，三子風流未當鄙。
> 還家掃甌洗刀砧，大飫老饕沾婢使。邇來送米鄰無僧，長
> 是覆羹窮有鬼。
> 區區一飽豈易得，何時檳榔澡吾恥。君不見魯公從人乞鹿
> 脯，留得銀鉤照千祀。猶勝金馬避世人，九尺長身饑欲
> 死。[44]

43　傅璇琮：《全宋詩》，卷1806，頁20119。
44　傅璇琮：《全宋詩》，卷1805，頁20108。

全詩寫出李若水當時年輕時雖然吃著粗茶淡飯，仍然胸懷報效國家的夢想，雖然年少時沒有想要如同晉朝何曾（西元199-279年）般一餐花費萬錢，可以豪奢度日，但也希望可以有所作為。而今罷官三月就幾乎斷糧，沒有辦法奉養雙親。友人知道後請其到家中做詩品茶，並贈以魚、兔、蟹等。「秦丞相追上蔡遊，張步兵對秋風起」二句別具深意，李斯（西元前284-前208年）在最後的願望是能夠回故鄉上蔡，張翰（生卒年不詳）在亂世之中見秋風起而思念故鄉，得以歸鄉是亂世中令人嚮往的，李若水稱自己此詩所作意義，如同顏真卿因為家貧妻子生病需要服用「鹿脯」，因次寫下留名千古的〈前鹿脯帖〉、〈後鹿脯帖〉書法之作給予李光弼（西元708-764年），一以求鹿脯，一以感謝李光弼的贈與。這也是後人稱李若水詩「忠愍公之文章如顏魯公之字畫，剛方勁正，不折不沮之氣，開卷凜然。」[45]之緣由。

在〈御筆免房錢一句〉詩中，李若水寫出了對於當時儒生的經濟問題：

> 風搖庭樹雲拍天，雪花亂拋如翦綿。舉頭三日不見日，屋
> 簷已敲街已填。富兒圍爐笑浮頰，坐繞笙歌飛酒船。儒生
> 屈膝凍欲死，猶呵禿筆書長牋。詩成吟哦不知了，兒飢索
> 飯廚無煙。太平君子萬民父，身居天上心民邊。重懷長安
> 桂玉費，急飛宸翰蠲屋錢。門前賣報走如水，家家頂祝神
> 霄仙。小人猶有負暄見，輕繇薄稅今當先。楚人得弓未為
> 大，願將此施均八埏。[46]

---

45 傅璇琮：《全宋詩》，卷1805，頁20108。
46 傅璇琮：《全宋詩》，卷1806，頁20123。

詩中寫出自己得到免繳納租屋費用的禮遇，但是「楚人得弓未為大，願將此施均八埏」，喻指自己所得到的，事實上是得自於百姓的納稅金額，運用「楚弓楚得」——楚人失弓被楚人所拾獲的典故說明自己所有的御賜恩惠都是來自於百姓的納稅，此處可以得見李若水對於自己任職領取朝廷薪俸的期許與心懷天下疾苦的胸襟。再由「儒生屈膝凍欲死，猶呵禿筆書長牋。詩成吟哦不知了，兒飢索飯廚無煙。」可以看出在下雪的季節之中，當時許多讀書人是處在經濟貧困之中。「太平君子萬民父，身居天上心民邊。」寫出雖然身居「薪如束桂，米如裹玉」的長安京城桂玉之地，但也可以申請免除房屋租金，即使如此仍不忘為官者當關心百姓與邊關之民，上諫希望國家可以減少百姓勞役與稅賦。

在〈村婦謠〉中寫出「青苗法」的問題：

> 村婦相將入城去，呵之不止問其故。我聞官中新糶米，比似民間較錢數。常平常平法甚良，先帝惠澤隆陶唐。願爾官吏且勤守，無使斯民流異方。[47]

「青苗法」又稱「常平法」，是朝廷中央借貸國家的金錢給農民，收取低於民間借貸的利息，國家以賺取的利息提供邊防戰事等國家所需。百姓不懂得借錢是需要還的，地方官員常常為了多放貸以顯現其功績，鼓勵百姓借貸，於是村婦們借到了錢後就紛紛進城去觀光與消費。最後造成的問題是農村基本的耕作無人耕作，第二年農民還不出錢來，為了免除官府催討的牢獄之災，就

---

47 傅璇琮：《全宋詩》，卷1805，頁20110。

逃離所居之地，造成流民問題。李若水的「常平常平法甚良，先
帝惠澤隆陶唐」，寫出此法的立意本來是好的，但問題出在「願
爾官吏且勤守，無使斯民流異方」，官吏必須瞭解誰是真正需要
的，好好宣導青苗錢真正的用處，才能解決根本問題。詩中也寫
出了北宋末期由於青苗錢的放貸造成通貨膨脹的經濟問題。

　　在〈伐桑歎〉中寫出北宋末年「農田水利法」出現的問題：

> 村家愛桑如愛兒，問爾伐此將何為。幾年年荒欠官債，賣
> 薪輸賦免鞭笞。來春葉子應不惡，鄰家宜蠶有衣著。我獨
> 凍坐還歔欷，長官打人血流地。[48]

「農田水利法」是地方官員明確度量農地與水文的大小，以訂立
稅賦的標準。此詩描寫村民向以採桑販賣為生計，如今卻都在伐
桑，原因就在於這幾年的荒年桑葉收成不好，地方官員並沒有上
報朝廷予以減稅，反而加以鞭笞欠稅賦者，於是村民只好砍掉桑
樹賣為薪材繳交此次稅賦，之後也不用再繳稅，但是來年就沒有
桑葉可以收成，李若水寫出了百姓對於來年經濟的憂慮，更是朝
廷對於來年的經濟憂慮。

　　在〈贈陳承務〉寫白馬津（今河南省滑縣北）北方之亂事，
也是因「保甲法」、「保馬法」造成邊疆地方勢力龐大，守將造反：

> 白馬津北千里疆，郡縣交錯旗布方。廣平僻峙黃流旁，蓄
> 兵萬指紅滿倉。

48　傅璇琮：《全宋詩》，卷1805，頁20110。

守將恃才政弗臧，公掊私取貪如狼。扼兵之喉奪其糧，掊
克帑藏資晏荒。

群凶叫呶計則狂，敢以寸草驕太陽。遂擁鷙猛為主張，遂
嚴統押分隊行。

遂排武庫擇刀銍，絳巾繡裳馬龍驤。縻執守將如驅羊，面
疏隱惡眾蹐傷。

傳呼戒關戍城隍，枚計豪戶恣劫攘。金珠之餘重弗將，老
稚踐蹂紛驚惶。

潛掛巨索投壕牆，小斯流血大仆僵。或坐暗室遮屏床，或
走曲巷雜病尪。

九重聞之駭非常，急詔將士趨衡漳。鯨奔虎吼未就韁，擇
肉而食誰敢當。

陳侯半世耽文章，再隨計吏觀國光。才則有餘命不償，時
吐憤氣干穹蒼。

古人一言靖猾強，賤簡萬世名飛揚。誰能幽窗勘鉛黃，俯
與群蟻爭毫芒。

乃袖空手赴賊場，吾有寸舌充劍槍。剖析禍福聲琅琅，儻
昏不從死亦昌。

輦錢五萬倡厥鄉，少頃倚疊平山岡。徽長鉤大餌鮮香，彼
其喁喁果爭嘗。

戢牙伏爪威弭藏，再拜稱謝君策良。徑取渠帥眾共戕，氛
霾卷剝清風颺。

萬室相賀歡聲長，微斯人分吾俱亡。姓名朝夕奏未央，帝
曰太守乂惠康。

幾使赤子罹禍殃，予嘉汝節敵秋霜。錫之京秩屬勤王，圖
厥後效吾所望。

忠義之風久微茫，君今與古爭煌煌。我作此詩備遺忘，會
有史筆流芬芳。[49]

李若水將這件歷史事件記錄在詩中呈現，由詩題「贈陳承務」、
「陳侯半世耽文章，再隨計吏觀國光」、「古人一言靖猾強，賤簡
萬世名飛揚」可以推論出平定亂事的是陳靖（西元948-1025
年）。承務郎是從八品的文散官，李承務空手至叛軍營隊，說之
以理，以禍福相依道理說服叛軍，並帶給地方百姓五萬錢費用，
促使萬戶百姓得以免於戰禍之苦，這樣的重大民變並未見於正史
記載，李若水寫作此詩的用意正是將此事流傳千古，讓後人知道
當時有儒士免除了一場重大傷害平民百姓的事蹟。由此詩作更可
以看出當時朝廷中央對於守將的叛亂已經束手無策，百姓倉皇無
助，只能用招安方式，以文官說服與談判，並給予重金安撫之。
全詩以敘事詩作方式記史，寫出當時百姓與朝廷遇到叛軍的遭
遇，確實發揮了詩歌記史的功用。

在〈徐太宰生日〉一詩中李若水說明的「熙豐之法」造成的
邊疆困境是問題所在：

潭潭相府開日邊，瑞光錯落勝非煙。珊鞭皂帽千騎聯，袖
中各有崧高篇。惟公妙年少比肩，筆底詞藻爭春妍。千佛
經上名高懸，層霄未許孤鴻騫。牛刀稍奏驚九天，召對紫
殿席為前。舌本治道如湧泉，重瞳屢矚眷予偏。駸駸臺省
難淹延，徑躋政府持論堅。彼姦不容外蕃宣，寺人炎炎國

49 傅璇琮：《全宋詩》，卷1805，頁20110。

柄專。力嘗抗之甘下遷，吾道不行乃命邅。豈能俯首學阿
諛，青雲斜飛二十年。皇家累聖寶錄傳，太平推在商周
先。金人穹帳鄰幽燕，覘我弛備紛振鞭。長驅近甸羅戈
鋋，赤子枕藉吁可憐。肉食者鄙議拘攣，金帛寶玩平山
巔。併割三鎮充垂涎，縣官聰明新位乾。搜舉真相窮八
埏，公鎮北門惠化沿。左右國人皆曰賢，賜環歸來胡不
遄。父老泣把衣裙牽，白麻疏詔光臺躔。挈提宇宙歸陶
甄，西北兩路尚控弦。雖有盟好數棄捐，民貧到骨瘼未
痊。宿弊如毛費除蠲，仁祖良規人所便。熙豐法誤今判
然，斡旋鴻鈞須至權。規規小手徒自纏，昔欲裕民反招
愆。茲其時矣盍勉旃，無使治行專潁川。上天有意扶危
顛，俾公之壽自綿綿，不須辟穀學神仙。[50]

徐太宰指的是徐處仁（1062-1127），在靖康元年力主抗金兵，與
力主和議的吳敏（1089-1132）不合，最後在君王面前起了紛
爭。被御史中丞李回劾之，二人終被罷除。[51]此作全詩寫出了李
若水對於當時朝政與國事的想法，寫出金人長驅直入的邊疆危
機，當時朝野上下都瞭解到國家危急，但是卻只能盡力而為。
「熙豐法誤今判然，斡旋鴻鈞須至權。」二句點出了新法的缺失
之處在當時才發現會危及國本，希望徐處仁可以繼續堅持輔佐朝

---

50 傅璇琮：《全宋詩》，卷1805，頁20111。

51 吳敏，字元中，真州人。大觀二年，闢雍私試首選。蔡京喜其文，欲妻以
女，敏辭。……欽宗既立，上皇出居龍德宮，敏與蔡攸同為龍德宮副使，遷
知樞密院事，拜少宰。敏主和議，與太宰徐處仁議不合，紛爭上前。御史中
丞李回劾之，與處仁俱罷，為觀文殿大學士、醴泉觀使。（元）脫脫等撰：
《宋史》，卷352，〈列傳第一百一十一〉，頁11123。

廷度過這次的危難。「彼姦不容外蕃宣，寺人炎炎國柄專」，據宋
史所載，李若水認為，誤國的是高俅或與徐處仁不同見解的吳
敏。「金人穹帳鄰幽燕，覘我弛備紛振鞭。長驅近甸羅戈鋌，赤
子枕藉吁可憐。肉食者鄙議拘攣，金帛寶玩平山巔。」寫出了當
日金人長驅直入到達了幽燕一地，窺探出宋軍的放鬆戒備，紛紛
振鞭進擊，邊疆戰士與百姓戰場上屍橫遍野。引《左傳》「肉食
者鄙，未能遠謀」之語指當時在朝的高官不能遠謀高慮，被金兵
的威勢所迫，只能任由金人索要。隨後「併割三鎮充垂涎，縣官
聰明新位乾。搜舉真相窮八埏，公鎮北門惠化沿。左右國人皆曰
賢，賜環歸來胡不邅。父老泣把衣裙牽，白麻疏詔光臺躔。」說
明割讓邊疆三鎮後，徐太宰等人極力奔走，想要討回三鎮，是明
確的決定，並且說明當地百姓的感恩。「挈提宇宙歸陶甄，西北
兩路尚控弦。雖有盟好數棄捐，民貧到骨瘝未痊。宿弊如毛費除
蠲，仁祖良規人所便。」寫出當時邊疆還在宋朝的可控範圍，但
是人民貧困、土地貧瘠，所以廢除了許多繁瑣的舊法與免除勞
役，讓宋仁宗時期的法令可以便民。「熙豐法誤今判然，斡旋鴻
鈞須至權。規規小手徒自纏，昔欲裕民反招愆」四句寫出李若水
對於熙寧新法的看法，說明新法的缺失及錯誤處在當時已經浮
現，許多法令要懂得權變，不能再墨守成規，否則本來想要便民
的法令會轉而成為危害百姓的法令。此詩在詩序中即以說明，雖
名為祝壽卻有勸諫之意。[52]

---

52 李若水〈徐太宰生日〉：「中興之道，天地所賜，間出之才，時數有待。恭惟
　某官，躬行其道，世仰清規。國人皆曰賢，宜處具瞻之地，宰相自有體，莫
　名坐論之功。運既協於唐虞，治當還於三五。垂紳正笏，固已折四裔不順之
　心，擲簡搖毫，行將紀萬世非常之績。某早瞻熒座，肇人鴻鈞，會逢維嶽之
　辰，敢後如岡之祝。」傅璇琮：《全宋詩》，卷1805，頁20111。

對於邊疆戰事的百姓艱困，在〈次韻張濟川二首〉中寫道：

其一

澗底戰骸霜雪枯，籠煙萬瓦半荒墟。流離赤子馬前泣，爭
問九重知也無。

其二

父老霑襟訟不平，千岩鬼哭亂泉聲。烏鳶誤飽忠義肉，點
檢戰功誰眼明。[53]

寫出邊疆百姓流離失所，一將功臣萬骨枯的景象，「流離赤子馬
前泣，爭問九重知也無」，以詩進諫，將流離百姓的問題寫出，
希冀九重天子可以協助。第二首更是寫出當時賞罰不明的問題，
對於戰功的賞賜已經無法真正賜予「忠義」的護衛國家戰士，激
起多方民怨。

　　在〈次韻李嗣表夜坐〉中寫出新法的繁瑣，自己對於朝廷局
勢的擔憂：

霜梧一葉落，塵鬢幾莖秋。夜久燈仍暗，人閒室自幽。文
書遮眼具，仕宦活身謀。此話有誰領，寸心橫百憂。[54]

在夜闌人靜之時，因為身負經世濟民的為官責任，為了國家與百

53　傅璇琮：《全宋詩》，卷1805，頁20117。
54　傅璇琮：《全宋詩》，卷1806，頁20115。

姓即將面臨的災難，夜不能眠，只能心懷百憂夜不成眠，「文書
遮眼具」在眾多的法令與公文之中，度過深夜。

2　出使與羈旅之情

在亂世書寫之中李若水也寫出了自己的羈旅心境，〈書懷〉
中：

> 客裡百無營，一室等方丈。行藏沙漠邊，志節煙霄上。歸
> 思入新吟，閑愁付佳釀。何當把瘦藤，江山樂清放。[55]

寫出自己在邊疆之地，縱然在百里之地內未見任何守軍，在邊陲
之地李若水仍是堅守志節，只能將思鄉之情寄情詩歌之中。李若
水多次出使，甚而曾經被宋軍將領挾持，詩中寫出對於時事的憂
慮與己身的憂思。

在〈別向德深〉詩作之中寫出在亂世之中別離的傷感：

> 歲晚霜風勁，束裝千里行。別離交義重，老大宦情輕。歧
> 路共人遠，關山空月明。旗亭有濁酒，揮淚與君傾。[56]

「歲晚霜風勁，束裝千里行」，一語雙關，在國家危急的時刻，
此別不知是否還能相聚，「關山空月明」中更富含了李白〈關山
月〉的邊塞詩歌悲愴之情，是以只能揮淚與友人道別，由詩題及
詩意觀看當是李若水出使議和時道別友人之作。

55　傅璇琮：《全宋詩》，卷1806，頁20105。
56　傅璇琮：《全宋詩》，卷1806，頁20114。

在〈途中〉一詩中也寫出了同樣憂傷的羈旅之情：

> 馬足疲長路，林端霽色開。客程經十驛，村酒只三杯。病葉迎秋落，疏雲送雨回。何當旋故里，趁日坐牆隈。[57]

寫出此去路途遙遠，匆匆經過了十個驛站，只喝了三杯村酒，「病葉」、「疏雲」寫天氣也寫自己的憂慮心境，「何當旋故里，趁日坐牆隈。」二句則說出自己此行危機重重，希望可以凱旋歸來，得以天下安定，自己可以安坐在家中牆角之處。

在〈書懷〉詩中寫出自己在亂世中被國事牽絆的苦難：

> 戎馬南來久不歸，山河殘破一身微。功名誤我等雲過，歲月驚人還雪飛。每事恐貽千古笑，此生甘與眾人違。艱難重繫君親念，血淚斑斑滿客衣。[58]

寫出金兵南下攻城已經經過長遠的歲月，而今山河殘破自己又官職能力有限，無法真正實現救國救民的希望。感嘆自己為經世濟民追求「功名」所誤，經過了漫長的歲月的努力，才知道書生之力無力回天。詩中已經點出當時的政局，李若水認為最後的戰爭結果必定為史冊記載，自己去議和的議和書內容勢必將千古後人所恥笑，但還是必須去執行君王的旨意，只因為要報答國君及雙親的恩德，為了保全當時百姓與君王免於戰禍，寫出亂世之中進退兩難之艱難情感。

---

57 傅璇琮：《全宋詩》，卷1806，頁20115。
58 傅璇琮：《全宋詩》，卷1806，頁20121。

在奉欽宗之命與金國議和之時有〈奉使太原途中呈王坦翁副使〉二首作品，說明其忠義志節：

其一

中山忠義定何人，數月相從笑語真。未信功名孤壯志，不妨詩酒寄閒身。此來飽看千巖秀，歸去遙知兩鬢新。就使牧羊吾不恨，漢旄零落落花春。

其二

舊持漢節愧前人，聞許傳來若不真。五鼓促回千里夢，一官妨盡百年身。
關山吐月程程遠，詩景含秋句句新。孤館可能忘客恨，脫巾聊進一杯春。[59]

中山指的中山府（今河北省定州市），就是定州，感謝王坦翁在中山府數月的情誼，二人共同忠義護國，李若水相信有志同道合的朋友一起努力，此次經歷看盡邊疆的山水，歸來縱使二鬢已經斑白卻絕壯志凌雲，自許出使金國縱然如同蘇武在邊疆牧羊不得歸來，仍舊不改其效忠朝廷的忠義之情。第二首寫出自己愧對過往漢朝使節之處當是在和談條款內容的屈辱，李若水很想回到家鄉過簡單的日子，但是職責所在，為了阻止戰爭，只能盡忠職守，盡自己的職責守護朝廷與百姓，寄情於詩歌之中，寫出自己的孤獨無助與遺憾。

---

59 傅璇琮：《全宋詩》，卷1806，頁20121。

在〈偶書〉中寫出在邊疆軍營中的壯志未酬羈旅情感：

> 太原城角小軍營，兀坐何人肯見臨。半陰半晴天氣雜，一
> 去一住客思深。功名未信終相負，歲月無端早見侵。好在
> 床頭滿壺酒，勸君休約十分斟。[60]

李若水在北宋皇朝最後的階段，獨自擔憂著朝廷與百姓的安危，無人可以討論與寬慰其憂心。「半陰半晴天氣雜，一去一住客思深。」寫的是進退兩難又不願意就此放棄的心境，「功名未信終相負」一語以詩明志，說明自己會堅持不辱使命，協助國君安邦定國。

在〈太行道中〉寫出自己奔波國政的心情：

> 千山倚奇峭，十日寄登臨。宇宙蜂房小，功名虎穴深。詩
> 多馬上得，家只夢中尋。頭白雙親健，飄零寸草心。[61]

為求功名與經世濟民，李若水離鄉背井走過千山一路艱險，感嘆在浩瀚的宇宙之中，自己是這樣微小，但是為了報效國家，只能盡一己之力，行旅之中以詩作寫出自己對於家鄉與父母的思念。

在〈次韻雍節夫留別〉寫出了當時出仕的感悟：

> 東風政搖蕩，百鳥爭春鳴。長亭楊柳弱，廣陌芳草平。遊
> 子動行色，辛勤奔皇京。利名悲末路，合散笑浮生。望望

---

60 傅璇琮：《全宋詩》，卷1806，頁20125。
61 傅璇琮：《全宋詩》，卷1806，頁20115。

陟前陂，隕涕空含情。勉哉振長策，扶搖雲翼輕。[62]

詩歌起首已經寫出當時朝廷岌岌可危，政局中大家意見不同，奔
赴京城想要有所作為，拯救危難中的國家。大家此去都知道以一
己之力「勉哉振長策，扶搖雲翼輕」是無法解決困境的，但是忠
義之臣仍不得不為之。

（三）期望經世濟民後歸隱閒適

在宋儒傳統的經世濟民思想之下，李若水盡力完成使命，對
於現實朝廷與社會弊病的力難回天，只能藉由詩歌之中時時表達
其對於歸隱的渴望及閒適時的自我療癒心得。這樣的歸隱田園情
感，與其積極立志及書寫當代亂事與社會苦難的情感是時時在同
時間出現的，由李若水的詩歌可以顯現在傳統儒家養成教育中，
士大夫的心路轉折，也可以閱讀出北宋末年儒士的自我期許與勉
勵，如何堅持完成自我信仰教育的「忠義」使命。

在其齋居有〈震山巖〉之作描寫出在經世與隱居情懷共存的
情境：

> 翠石黏雲濕，寒巖帶蘚深。樹函懷古意，水印讀書心。經
> 濟神猶在，幽棲逕可尋。青氈吾舊物，稅駕臥山陰。[63]

前四句寫出享受山野景色的怡然自得，「經濟神猶在，幽棲逕可
尋」，寫出自己經世濟民的精神與期許依舊在，然而歸隱山水的

62　傅璇琮：《全宋詩》，卷1805，頁20105。
63　傅璇琮：《全宋詩》，卷1806，頁20114。

景色也是自己所深刻期許的，詩末寫出自己仍是可以抱守貧寒之時的青氈悠閒過日子的。

在〈寄敦夫弟〉一詩中寫出對當時李敦夫的期許，也說出自己想要歸隱的原因：

> 秋風秀庭槐，舉子勤朝課。丹詔日邊下，收攬不貲貨。小陸富才藻，振筆追楚些。朱絲有知音，白雪定寡和。銳氣壓同流，龍泉不容剀。芥視青紫榮，未語手先唾。我昔遊詞場，一飛脫轍軔。咫尺看青霄，三年困巡邏。虛名損富貴，此生分寒餓。輸他阿買輩，官高金印大。造物端戲人，益知吾道左。願爾早著勳，替我雲山臥。[64]

詩中期勉其弟努力上進，早日為朝廷盡力，相信李敦夫的才能定能有所表現，說明寫到自己為官三年，雖有虛名，卻仍是貧困。「輸他阿買輩，官高金印大。」二句所指當為蔡京父子同朝，與史書上所記載蔡京及蔡絛二人共同專權，李邦彥不平，李若水勸李邦彥要堅守職位一事相互印證。這應當也是李若水時時想要早日可以歸隱的原因，所以說希望敦夫弟可以代替其職志，自己得以早日歸隱山林。李若水興起歸隱之情多半是對於當時世局的無力感，在〈次韻高子文留別〉中：

> 之子欲西笑，我懷難具陳。從來妙風雅，此去脫埃塵。擬倩杯中物，暫留燈下人。可堪分手處，月色半林新。[65]

---

64 傅璇琮：《全宋詩》，卷1806，頁20124。
65 傅璇琮：《全宋詩》，卷1806，頁20115。

詩中說明了朋友要去京城時自己的心境，[66]「我懷難具陳」寫出自己的想法與政見不為朝廷所用，不如離開朝廷歸隱而去。

在〈送行〉中也說明自己為官的苦恨：

> 去意浮長汴，離懷詠曉燈。明時非不遇，幽黜坐無能。歲月驚雙鬢，林泉許曲肱。從今藏羽翼，敢復覬飛騰。[67]

送別之時，自己對於自己身在朝廷，為君王所任用，卻常常想法與意見不為所用，自責自己的能力不足，是該藏起羽翼歸隱山林才是。在〈次韻高子文村居〉中也寫出對於鄉間生活的嚮往：

> 幽人厭城市，結屋近松蘿。一笛秋風急，千巖晚照多。竹根鄰叟醉，牛背牧兒歌。笑殺青雲友，朝紳換短蓑。[68]

詩中說明自己想像的隱居生活，有著松蘿覆蓋的屋宇，有著牧童的笛聲與山間夕陽美景，與山叟牧童為鄰，不如卸下朝廷官服的腰帶與職責換成短蓑，可以逍遙自在些。

在〈偶成〉詩作中說明在北方思念家鄉田園的情感：

> 自憐疇昔抱癡頑，不慣黃埃日跨鞍。荒徑露霑旗尾潤，幽窗塵鎖筆頭乾。半林殘照人煙晚，一笛秋風雁影寒。還有

---

66 「西笑」一語所指為長安也是京城之意。
67 傅璇琮：《全宋詩》，卷1806，頁20114。
68 傅璇琮：《全宋詩》，卷1806，頁20116。

　　田園得歸去，誰能俯首縛微官。[69]

對於往日一意有所作為，而今家中田園已荒蕪有待自己歸去，自己仍被職責所羈絆在北方苦寒之地，興起歸隱之心。但是如同〈次韻高子文〉所言：「歸計茫然殊未涯，倦遊日久似無家。十年燈火有何效，贏得眼前生眩花。」[70]十年的歸隱想法卻無計可施，在奔波的仕宦生活中感嘆自己的思家情懷。

　　〈次韻王深之二首〉中用佛家語寫出對於為朝廷國政奔波的無可奈何：

　　其一

　　事縱未涯心已老，山雖許遠夢能歸。團蒲穩坐亦不惡，捫虱工夫趁早暉。

　　其二

　　酒薄僅能浮頰赤，燈寒故意學山青。新來鼻觀無遮礙，覺得功名一味腥。[71]

詩歌起首對於時事與官事的繁重有心已老的感慨，感嘆自己無法回鄉只能在夢中歸去。引東晉時王猛（西元325-375年），在詣見桓溫（西元312-373年）論政。淡定有自信的「捫虱」，不慌亂的

69　傅璇琮：《全宋詩》，卷1806，頁20121。
70　傅璇琮：《全宋詩》，卷1806，頁20117。
71　傅璇琮：《全宋詩》，卷1806，頁20117。

典故，一轉運用佛教靜坐團蒲方式，以鼻觀心方式，瞭解自己本心所想望的是什麼，悟到「功名一味腥」，轉從佛教的思想中興起心靈歸隱之處。

在〈秋懷〉其二中寫到十年異鄉為客心情：

> 鷗鳥戀江湖，麋鹿戀林藪。十年異鄉客，臨風一搔首。田園幸好在，三徑荒稂莠。何當愜歸興，短鉏還入手。[72]

以鷗鳥與麋鹿思念家鄉，寫出自己對於山林的渴望，十年異鄉為客時時戀想著希望可以歸鄉，躬耕荒田。

李若水任職時想要歸隱的原因，主要在於在官場上受到的挫折與亂世中的力難回天之感，是以只有歸隱的想法，才能讓李若水暫時脫離現實中的悲愴與傷痛，但是李若水仍是盡忠職守地在職位上，他在〈秋懷其七〉中說道：「楚客賦秋風，表表千載師。徇官生惡謗，此語將誰欺。我欲踐逸軌，每苦抽思遲。譬彼款段足，焉能馳險巇。」[73]任職時的語言毀謗及官場險惡，讓其每有不如歸去的想法。在〈秋懷其八〉中有修道成仙的想法：「今古等朝暮，宇宙同咫尺。安得坐忘人，相從遊八極。神仙六鼇背，富貴一蟬翼。君其儻悟此，在在獲所適。」[74]寫出遊仙思想，因為遊仙思想的興起，還有〈蓬萊行〉組詩的創作「長藤呵路多公侯，我輩不應來宦遊。平生流涎向雲水，此心已往形獨留。」、「黃沙霏霏烏帽底，三載長安飽嘗此。何如閑把一莖絲，坐釣澄

---

72 傅璇琮：《全宋詩》，卷1805，頁20107。
73 傅璇琮：《全宋詩》，卷1805，頁20107。
74 傅璇琮：《全宋詩》，卷1805，頁20108。

江月明里。」、「金印如鬥封王侯，何如爛漫江南遊。山能不老閱
今古，雲自無心忘去留。」、「淚衣雖昏尚堪著，庭前兒戲慈顏
樂。官高如天印如鬥，問君此樂應還有。」[75]皆是說明厭倦了仕
宦追求功名富貴，心中時時有不如歸去追求神仙之道的道理，因
為在長安三年常因為官職而奔波於風塵之中。在爭論不休的官位
與朝廷之中，擔憂國事的李若水，心靈的寄託惟有不變的山與
雲，還有家鄉父母與兒女的田園自適想像。

　　李若水詩歌留存之中也有多首清新的閒適作品，表現出雖
然現實生活中無法真正歸隱田園，歸隱田園的自適狀況，常常可
以由其品味生活中表達。如〈題趙進夫勝軒詩〉：「山色堆藍重，
水光拖練寒。主人看不足，終日憑欄干。」[76]、〈次韻唐彥英留
題學舍〉：「篆壁蝸涎細，織檐蛛網圓。小軒幽夢破，竹露濕茶
煙。」、[77]〈上巳〉：「小桃脫萼柳梢柔，春色無邊破客愁。好與永
和修故事，一時人物盡風流。」[78]、〈夜坐〉：「暮涼浮座暑光微，
竹底風來暗舉衣。假寐不知清夜久，掛簷星斗向人稀。」、[79]〈春
日郊外〉其一：「毿毿官柳綠藏鴉，傍郭人煙三五家。見說今年
寒食好，踏青歸路看梨花。」、[80]〈春日郊外〉其二：「誰家臨水
亞朱扉，樓外風閑柳線垂。昨夜濛濛春雨小，杏花開到背陰
枝。」、[81]〈用張濟川所舉詩韻漫作〉：「經霜落葉金堆地，過雨

75　傅璇琮：《全宋詩》，卷1805，頁20108。
76　傅璇琮：《全宋詩》，卷1806，頁20114。
77　傅璇琮：《全宋詩》，卷1806，頁20124。
78　傅璇琮：《全宋詩》，卷1806，頁20123。
79　傅璇琮：《全宋詩》，卷1805，頁20116。
80　傅璇琮：《全宋詩》，卷1805，頁20116。
81　傅璇琮：《全宋詩》，卷1805，頁20116。

奇峯碧滿門。要識豐年在何處，牧兒橫笛下煙村。」、[82]〈次韻
公實兄途中〉：「斷雲橫碧暗平野，落照曳紅明遠村。回首半天雲
破處，一眉新月報黃昏。」、[83]〈登斂翠亭〉：「佇立危亭醉眼寬，
無邊秋色夕陽間。牧兒腰笛挽牛去，卻放半川雲水閑。」、[84]〈夜
坐與高子文分韻得月字〉：「笑問空中雲，乞我今夕月。我是方外
人，得此清興發。翩然駕黃鵠，飛入白銀闕。」[85]，皆是詩語清
新閒適，讀來可以瞭解詩人用心品味生活中的悠閒，語氣溫和，
以書寫青山浮雲與豐年景象來進行自我身心靈療癒的方式。

三　小結

　　瞭解李若水這樣一位在宋代受到熙豐新法教育及選拔出來的
文人，從滿懷積極立志對家國深負經世濟民自我期許，到深刻體
會出自己所學習與信仰的朝廷與法令已經出現許多無法挽回的弊
端，但是個人已經養成的情操與氣節卻不容許自我有退縮放棄的
可能性，在亂離思緒中詩人仍然能夠以靜坐詩茶相伴神遊自我想
像的方式，品味生活，期望有一天自己可以歸隱的境界。

　　詩人以書寫的方式記錄了自己的心境，達到自我精神世界的
療癒，卻仍然能在現實生活中臨危授命，在內直言進諫，希望君
王與朝廷瞭解民生疾苦，減輕人民勞役與賦稅。對外面對金兵的
逼近，多次出使金國，力保朝廷君王與天下蒼生，雖然知道自己

82　傅璇琮：《全宋詩》，卷1805，頁20116。
83　傅璇琮：《全宋詩》，卷1806，頁20117。
84　傅璇琮：《全宋詩》，卷1806，頁20124。
85　傅璇琮：《全宋詩》，卷1805，頁20106。

前去談和乃喪權辱國，終究會成為千古罪人，但仍遵奉君王命令。最終面對畢生要守護的國家與君王仍是無法守護，詩人決定為自己也為宋朝廷留下千古「忠愍」之名，寫下史書中百年後清朝乾隆皇帝，都為之動容與不忍的一頁，如同其〈歸家〉詩作所言：「半載長安客意寒，一鞭歸興舊家山。妻孥問我成何事，買得虛名滿世間。」[86]確實成全了自我以忠義之名留存史書。

　　李若水的詩歌顯現出傑出的宋詩的議論與敘述特色，更具有宋詩清新白描的閒適小品，加以個人對於寫作詩歌的喜好，若非三十五歲就殞落，定能在詩壇上有更傑出的成就。

　　本文先以「史」為鏡，觀照借鑒李若水其人及當時的歷史情境，期望瞭解怎樣的決策與立法缺失會造成靖康末年詩人拚盡一聲，仍然無法挽回保家衛國的局面，以供今人反思。以「詩」為鏡鑑「人」與「史」，瞭解詩人如何運用詩歌書寫達成自我生命理想的實現與療癒功能。在自我積極的期許立志與亂事書寫關心社會及歸隱家鄉養生全命之間，情感的轉化軌跡與意義，更能夠深刻瞭解書寫可以在經世濟民與自我療癒中發揮重大的功用。

---

86 傅璇琮：《全宋詩》，卷1806，頁20119。

第八章
使金文人從自責、羈留、到思鄉的忠義情感表現
——宇文虛中與朱弁詩詞作品為例

一　前言

　　以人為主體的論文寫作主要在於發掘一個具有故事性及學習性的研究對象，本文以宇文虛中與朱弁的生平與作品為關注主體，而王朝的興亡更替是歷史不變的規律，每到此刻，文人的命運最是不定，北宋為金所滅，多數宋朝文人仍隨政府南遷，少數文人入金的原因，或為俘虜或從偽齊入金，另外則如本文之宇文虛中與朱弁兩人皆成為被扣留的南宋使節，因為選擇不同，結局與影響亦不同，本文因為二人的傑出忠義表現與對宋金和平及對金人漢化影響為史及所載，因此加以並論。

　　金代初期，宋金之間局勢不穩，一時兵戎相見，忽又和議。兩國之主戰和主和兩派不斷爭執，誰都無法預料敵人的下一步行動。因「靖康之恥」所帶來的衝擊改變了立國基業，而南遷的宋廷，和戰策略對其生存及發展影響很大，所以朝廷官員對恢復故土的主戰派及選擇妥協的和議派，各有不同的看法與方略。而高潔的節操與在危難之中以著作來記錄與傳播心志與思想，使忠義之情與文學、經史得以延續，是面臨危境中文史促使心靈有所依

歸的功能顯現。

綜觀前人相關研究成果，楊愛敏《「仕金宋儒」之心態與創作》文中分析宇文虛中入金前心態及文學創作，以及論其對金代文學的貢獻；類似論文有馬曉光《金初漢族士人研究》在「金初漢族士人與文化建設」指出宇文虛中為金初的文學創作奠定了基調，他們的文學風格為金代中期文學的發展指明了方向；劉秀忠〈借才異代與金朝初期的文化肇興〉論及金初「借才異代」如宇文虛中等這些文人，奠定金代百年的文化基礎。[1]耿金鳳《宇文虛中研究》主要是從民族文化融合的角度分析宇文虛中的詩詞。[2]

周惠泉著有不少關於宇文虛中的論文：〈宇文虛中及其文學成就略論〉，此為較早期對宇文虛中生平及作品做大略介紹的論文；〈宇文虛中新探〉進一步分析其族系行跡及文學成就；〈金代文風的開創者：宇文虛中及其詩歌創作〉探討其詩歌內涵，指出其為金代文學提出頗高的起點；〈金代三文學家評傳〉有對對宇文虛中的生平仕宦經歷和文學成就進行了評述。[3]

賈秀云〈宇文虛中事件與南宋社會的道德期許〉就宇文虛中降金，之後又以謀反罪全家被殺事件做相關討論，結合南宋社會

1　楊愛敏：《「仕金宋儒」之心態與創作》（河北大學碩士論文，2011年6月）。
　　馬曉光：《金初漢族士人研究》（遼寧大學碩士論文，2012年5月）。
2　劉存明：《北宋使北詩研究》（青海師範碩士論文，2016年4月）、耿金鳳：《宇文虛中研究》（遼寧師範碩士論文，2014年4月）。
3　周惠泉：〈宇文虛中及其文學成就略論〉（《社會科學研究》1987年第3期，頁296-303）、〈宇文虛中新探〉（《文學評論》2009年第5期，頁165-170）、〈金代文風的開創者：宇文虛中及其詩歌創作〉（《古典文學知識》2005年第3期，頁56-62）、〈金代三文學家評傳〉（《山西師大學報》第20卷第2期，1993年4月，頁43-49）。

對忠君報國的期待之論文。劉美琴〈宇文虛中的悲劇情懷及其詩歌創作〉論述因其特殊的身分和經歷，情感充分的表現在詩歌作品中。也有狄寶心〈宇文虛中詩中的人生價值取向及其死因索評〉用「以詩證史」的方式，認為宇文虛中是心向宋朝，為志而死。[4]

　　李靜〈金初詞人群體的心理認同與詞的創作〉認為，「遺民」與「移民」雙重身分影響了金初詞人群體的創作心理和實踐。相似的有白顯鵬的〈論金朝初年「貳臣」文人詞〉對金初以宇文虛中為代表的改仕金朝的「貳臣」的作品從身分、詞作的內涵及旨趣進行詳細研究。[5]

　　郭紹虞《宋詩話考》考證了朱弁《風月堂詩話》的版本和卷數，亦簡明指出其理論的獨特之處：朱弁論詩不以用事為高，與江西詩派尊杜論旨不同；評價黃庭堅「用昆體工夫造老杜渾成之地」[6]，雖矜於用事，但其歸宿是以渾成自然為主。張晶〈朱弁「體物」的詩學思想及其詩歌創作〉從美學方面指出，「體物」是《風月堂詩話》的詩學核心思想，其涵義即直接從客觀對象獲得詩的興感，生動地刻畫其特徵並且傳達出自然的生命律動。梁桂芳〈朱弁「詩學李義山」初探〉認為，朱弁化用李商隱詩句、

4　賈秀雲：〈宇文虛中事件與南宋社會的道德期許〉（《史學月刊》第6期，2009年，頁60-66）、劉美琴：〈宇文虛中的悲劇情懷及其詩歌創作〉（《忻州師範學院學報》第19卷第1期，2003年6月，頁26-28）、狄寶心：〈宇文虛中詩中的人生價值取向及其死因索評〉（《民族文學研究》第34卷第1期，2016年2月，頁28-42）。

5　李靜：〈金初詞人群體的心理認同與詞的創作〉（《文學評論》2011年第1期，頁53-56）、白顯鵬的：〈論金朝初年「貳臣」文人詞〉（《民族文學研究》2011年3期，頁57-64）。

6　（宋）朱弁：《風月堂詩話》，收入《文淵閣四庫全書》（臺北市：臺灣商務印書館，1983年8月），冊494，卷下，頁9。

典故、詩意，在風格等諸多方面多有模擬，這顯然是受到了《宋史》論朱弁「詩學李義山」觀點的影響，但筆者對於此說法有不同意見，將於本篇論文分析之。

關於改編自朱弁出使不降的戲劇論文較多有：林任生、王仁杰〈冷山記（取材於梨園戲傳統劇目《朱弁》殘本）〉、林任生〈梨園戲《朱弁》〉、王婧瑩〈淺談從傳統梨園戲《朱弁》到〈冷山記〉的改編〉、方李珍〈「南轅定何日，無地不風塵」──淺說梨園戲《朱弁》〉、謝子丑〈書生誓守漢家節──梨園戲《朱弁》中的愛國氣節〉、許天相〈繼承傳統揚長避短──梨園戲《朱弁》重排體會〉、金玉琦《朱弁戲曲故事研究》等，可見朱弁不屈服於金人的氣節，令後人景仰。[7]對朱弁著作《曲洧舊聞》的研究論文有：趙鐵寒〈朱弁和他的《曲洧舊聞》〉、安徽師範王威碩士論文《朱弁《曲洧舊聞》研究》、西北師範大學聶風樓《朱弁《曲洧舊聞》研究》、邱昌員〈朱弁《曲洧舊聞》述論〉[8]。

---

7 林任生、王仁杰：〈冷山記（取材於梨園戲傳統劇目《朱弁》殘本）〉（《劇本》2013年第2期，頁4-20）、林任生：〈梨園戲《朱弁》〉（《梨園戲》2010年第1期，頁69-76）、王婧瑩：〈淺談從傳統梨園戲《朱弁》到《冷山記》的改編〉（《戲友》2018年3月，頁11-13）、方李珍：〈南轅定何日，無地不風塵──淺說梨園戲《朱弁》〉（《福建藝術》，2010年第1期，頁60-61）、謝子丑：〈書生誓守漢家節──梨園戲《朱弁》中的愛國氣節〉（《福建藝術》，2010年第1期，頁67-68））、許天相：〈繼承傳統揚長避短──梨園戲《朱弁》重排體會〉（《福建藝術》，2010年第1期，頁62-63）、金玉琦：《朱弁戲曲故事研究》（中央大學碩士論文，2011年6月）。

8 趙鐵寒：〈朱弁和他的《曲洧舊聞》〉（《大陸雜誌》第8卷第12期，1954年6月30日，頁15-20）、王威：《朱弁《曲洧舊聞》研究》（安徽師範碩士論文，2018年4月）、聶風樓：《朱弁《曲洧舊聞》研究》（西北師範大學碩士論文，2018年6月）、邱昌員、魏曉殊：〈朱弁《曲洧舊聞》述論〉，《贛南師範學院學報》2011年第2期，頁50-54。

　　以上皆未能有將二人出使始末、作品詩學觀念、詩學內涵與忠義情感轉化作深入比較探討者，本文除就宇文虛中及朱弁生平及出始始末外，更就其詩作風格作為探論，期望閱讀與理解使金文人的忠義情感。感受永不放棄的心靈世界與高操志節，留存其忠義心志，在這浮沉塵世間起千古共鳴。

二　生平始末

（一）宇文虛中

　　宇文虛中，成都廣都（今四川雙流）人，生於北宋神宗元豐元年（1079），卒於南宋高宗紹興十五年（1146），本名「宇文黃中」，宋徽宗賜名宇文虛中，字叔通，別號龍溪居士。宇文虛中三十一歲時得以進士及第，於宋徽宗大觀三年（1109），任職官州縣；三十七歲政和五年（1115）時得以進入中央朝廷，任職起居舍人，國史編修官。

　　靖康元年（1126），徽欽二帝被擄北上，宇文虛中四十八歲，是受高宗之欽點命其赴金人營寨交涉，營救二帝。建炎元年（1127），卻因議和遭高宗論罪，原因是他三往金國「泣下不言」主和，使金兵放棄攻擊，解兵北去，割讓了土地，遭到廷議定罪，責授安化軍副使，謫貶韶州。

　　建炎二年（1128），應高宗詔任職祈請使，被金人拘留於雲中，守節幽囚五年。在此期間，他拒絕入仕金朝的邀請，有賦詩明志曰：「有人若問南冠客，為道西山賦蕨薇」[9]，以「鍾儀楚囚

9　（清）丁傳靖：《宋人軼事彙編》（北京市：中華書局，1981年9月），卷16，頁851。

南冠」、「伯陽叔齊不食周粟」以至死不屈不異節的典故說明自己
不食金朝俸祿的決心。

這樣的宣誓，卻在金太宗天會十二年（1134）五十六歲時，
宇文虛中至金朝上京時有了變動，宇文虛中入仕於金[10]，先任詳
定禮文使，負責制定典章制度[11]，與韓昉（1082-1149）掌詞命，
累官翰林學士，知制誥兼太常卿。

這個變動可以有二種解釋一是宇文虛中發現宋金局勢已定，
只能幫助金人漢化，保護北方遺民，帶入漢人的典章制度，以此
經世濟民。另一種解釋是宇文虛中決議伺機成為南宋的內應，這
也是《宋史》、《金史》各自表述的千古疑案。無論是怎樣的原
因，平心而論，二部史書都可以理解與諒解宇文虛中擔任金代官
員的選擇。

在金代任官期間撰《太祖睿德神功碑》，進階金紫光祿大
夫，號為國師。皇統二年（1142）宇文虛中六十四歲，為金廷擬
詔書，即為〈命宋康王為皇帝文〉冊封宋康王為帝，對於宋金議
和有卓越功績。六十六歲時，仕為翰林學士承旨，遷禮部尚書，
六十八歲時[12]，因被罪以潛結豪傑義勇，謀起事南歸，事敗被

---

10 王慶生：《金代文學編年史》（北京市：中華書局，2013年3月），頁96。但筆
　者推測在此之前已經在為金人工作，如在紹興二年（1132）通知王倫可以回
　南宋的人是他，表示他正在為金人工作。

11 金制度並依唐制衣服官制之類，皆是宇文相公共蔡太學並本朝十數人相與評
　議。收錄於（宋）徐夢莘：《三朝北盟會編》（上海市：上海古籍出版社，2008
　年），卷163，頁1177。另外出使金朝回南宋的洪皓亦言：「官制祿格、封蔭
　謹謚，皆出宇文虛中。」（宋）洪皓：〈跋金國文具錄劄子〉《鄱陽集》（臺北
　市：臺灣商務印書館，1983年8月，收入《文淵閣四庫全書》本），冊1133，
　卷4，頁11。

12 薛瑞兆、郭明志編纂：《全金詩》（天津市：南開大學出版社，1995年）稱

殺。令人不忍的是秦檜將宇文虛中全家北送，最終宇文虛中被殺，老幼百口同日慘遭滅門。[13]

　　後代學者對於宇文虛中大略有兩種看法：一是接受金朝官職之後一心仕金，不再與南宋有任何聯繫，其不得善終是由金朝對宋人的歧視政策所致。如《金史》記載：

> 虛中恃才輕肆，好譏訕，凡見女直人輒以礦鹵目之，貴人達官往往積不能平。虛中嘗撰宮殿榜署，本皆嘉美之名，惡虛中者摘其字以為謗訕朝廷，由是媒蘗以成其罪矣。[14]

加上《中州集》記載：

> 皇統初，上京諸虜俘，謀奉叔通為帥，奪兵仗南奔，事覺繫詔獄。諸貴先被叔通嘲笑，積不平，必欲殺之，乃鍛鍊所藏圖書為反具。[15]

可知宇文虛中平日看不起金朝文化與貴族，因而觸怒女真權貴，最終遭到排擠和打壓是此次遭受不幸主要原因。

　　另一派學者則認為宇文虛中留仕金朝，目的是擔任南宋間諜，

　　（1079-1146），年六十七，本文取王慶生：《金代文學家年譜》（南京市：鳳凰出版社，2005年）稱六十八歲之說。

13　（元）脫脫等著：《宋史》（北京市：中華書局，1977年11月），卷371，列傳第130，頁11529。

14　（元）脫脫等著：《金史》（北京市：中華書局，1975年7月），卷79，列傳第17，頁1792。

15　（金）元好問：《中州集》（上海市：中華書局上海編輯所，1959年4月），頁3。

他的死是為穩定與安定南宋社稷，直至南宋淳熙六年（1179），宋廷贈其開封儀同三司，諡「肅愍」，賜廟「仁勇」，才正式承認宇文虛中仍心向宋室。清代全祖望（1705-1755）有曰：

> 虛中雖失身異域，而報國之誠炳炳如丹，其不惜屈身以圖成事，志固可悲，而功亦垂就，當與姜伯約同科，史臣盡掩不書，可謂冤矣。[16]

而《金史》則認為宇文虛中朝至上京，夕受官爵，不得善終是自取也。[17]

（二）朱弁

朱弁，字少章，自號觀如居士，徽州婺源（今江西婺源）人，生於北宋元豐八年（1085），卒於南宋紹興十四年（1144），為朱熹（1130-1400）叔祖。少時聰慧好學，受到太學教授晁說之（1059-1129）賞識，之後隨晁說之至新鄭遊學，晁氏以其姪女妻之。

靖康之亂，朱弁帶著妻兒避難入山。回憶逃亡過程，做〈初春以蔓菁作虀，因憶往年避難大隗山，采蘋澗中為虀。虀成汁為粉紅色而香美特異，乃信鄭人所言為不誣矣。今食新虀，因成長

---

16 （清）全祖望撰：《鮚埼亭集》〈與杭堇浦論金史第二帖子〉，收入《清代詩文集彙編》（上海市：上海古籍出版社，2010年12月），冊303，頁464。

17 贊曰：孔子云，「行己有恥，使於四方不辱君命，可謂士矣」。宇文虛中朝至上京，夕受官爵。王倫紈袴之子，市井為徒。此豈「行己有恥」之士，可以專使者耶。二子之死雖冤，其自取亦多矣。（元）脫脫等著：《金史》，卷79，列傳第17，頁1795。

韻。〉一詩：

> 憶昔避難初，竄身重崗裡。雲煙昏具茨，老稚且棲止。燕
> 兵大搜索，焚蕩石牛底。脫命攔虎山，野哭紛四起，暮投
> 山前店，茅棟例燒毀。潛伏窟室中，衣敝不蓋體，妻孥坐
> 相對，生意薄於紙。[18]

「具茨」為大隗山的另名，在鄭州密縣。朱弁初結婚時，居住在
鄭州，金人攻鄭州時，逃難於南山中。詩中內容令人感到膽戰心
驚，深感其痛，在此艱困的環境，朱弁親見至親亡於逃難途中，
感受到戰爭對蒼生的摧殘。瞭解到唯有和平，才能使百姓免於
滅亡。

　　因著一路所見的流亡慘狀，朱弁因此奮身自薦，前往金國出
使。在建炎初，朝廷決議遣使問安兩宮，徵求自願者，朱弁自薦
使金，被任命為通問副使。建炎二年（1128）正月與正使王倫
（1081-1144）一同出使，但金人並無和談意願，反將來使羈押
在北方，至此朱弁在北方過著被羈押的困苦生活，金代朝廷多次
招降，朱弁不為所動，在紹興二年（1132）金人同意和談，派宇
文虛中通知，但僅同意王倫或朱弁一人回宋復命，朱弁將此機會
讓給王倫，請他將節印留下。[19]後來金國又以斷其飲食迫其歸降

---

18 閻鳳梧、康金聲主編：《全遼金詩》（太原市：山西古籍出版社，1999年），頁
　146。

19 朱弁曰：「吾來，固自分必死，豈應今日覬倖先歸。願正使受書歸報天子，
　成兩國之好，蚤申四海之養於兩宮，則吾雖暴骨外國，猶生之年也。」倫將
　歸，弁請曰：「古之使者有節以為信，今無節有印，印亦信也。願留印，使弁
　得抱以死，死不腐矣。」倫解以授弁，弁受而懷之，臥起與俱。（元）脫脫等
　著：《宋史》卷373，列傳第132，頁11551-11552。

齊政權，遭到朱弁明確的拒絕[20]，與洪皓二人堅持決不忘自己受
宋帝之命至北方議和的使命，不接受北方政權的派命與任命，並
與北方被劫之士大夫多有相聚，這些人應當就是已經失傳之《聘
遊集》中記載的北方忠義之事。

被拘西京雲中（今山西大同）十七年，其間金人軟硬兼施，
脅迫朱弁出仕金朝，他堅持守節不從。直到紹興十三年（1143），
宋金完成和議，才與洪皓（1088-1155）、張邵（1096-1156）等南
歸，終遭秦檜（1091-1155）忌恨，故不被重用，於隔年過世。

在羈留北方期間，朱弁雖然不食金朝俸祿，卻用心於教學與
著述。教學上對於金朝世家子弟努力教導，期望改變女真人對於
和議與漢化的支持。

其間《聘遊集》四十二卷、《書解》十卷、《曲洧舊聞》三
卷、《續骫骳說》一卷、《雜書》一卷、《風月堂詩話》三卷、《新
鄭舊詩》一卷、《南歸詩文》一卷。更重要的是，《聘遊集》[21]為
敘述北方見聞的作品，其中錄有忠臣義士之死節事狀，他歸宋後
勸請朝廷加以褒獎以勸來者，得以將羈北忠義人士事蹟留傳在史
冊，以供後人憑弔。

《風月堂詩話》更是金代第一部詩話，所記錄的全是對於北
宋詩人的懷想加以自己對於宋皇朝的思念。胡傳志先生認為，金

---

20 （元）脫脫等著：《宋史》：「金人怒，絕其餼遺以困之。弁固拒驛門，忍飢
　　待盡，誓不為屈。」卷373，列傳第132，頁11552。

21 （宋）朱熹著；陳俊民校編：〈奉使直祕閣朱公行狀〉「然公以使事未報，憂
　　憤得目疾，其抑鬱愁歎，無憀不平之氣，一於詩發之，歲久成集，號曰《聘
　　遊》，虜中名王貴人，亦多遣其子弟就學，公以此又得時因文字往來，說以
　　和好之利，而碑版篇詠，流行北方者亦甚衆，得之者相誇以為榮焉。」《朱
　　子文集》（臺北市：德富文教基金會，2000年），卷98，頁4795。

代前期詩話中可知有范墀《詩話》、祝簡《詩說》、朱弁《風月堂詩話》三種[22]，現今保存完整的為《風月堂詩話》，文學價值與意義在於這是在北方金朝的創作了，此時正是南方元祐黨禁，施以重罰之時，朱弁因為在北方反而更能暢所欲言。《風月堂詩話》的時代意義在於這是一部大量記載宋人對於詩歌評論的創作，具有文史意義，更明顯的看出作者的政治立場與同時期在南宋創作詩話受制約的背景差異性。

三　詩歌忠義情感的轉化

在重重危難裡，南宋高宋以「勤王」來凝聚士氣，並對金人提出求和退讓，以求宋朝存續，保存國祚。所以宇文虛中、朱弁兩人都全力為國談判和議事宜，以助於穩固時局及保護宋高宗即位的正統性。而宇文虛中雖然後來降金，但他於建炎二年（1128）五月以祈請使出使金朝左副元帥宗翰軍中開始，直至紹興四年（1134）七月離開雲中前往金上京，這六年多的時間，都不肯為金人所用。《中州集》裡面所收的詩，幾乎都是他為祈請使入金以後，到初至雲中這幾年的作品，祈請使之前，只有一首。可看出他不斷以詩明志，激勵自己堅守臣節。可見，在當時宇文虛中無法接受變節事金的現實。而朱弁在出使金朝十餘年間，寧死不屈，為宋守節。雖然情況不盡相同，但詩歌的內涵有相近之處，本節就兩人詩歌做三點分析。

---

22 胡傳志：《金代詩論輯存校注》（北京市：人民出版社，2017年12月），頁3。

（一）自責國家興亡之感

宇文虛中在現存詩歌中表達出對於北宋危亡的遺恨及對故國的思念與忠誠，元好問在收錄此相關詩歌時，應當與金朝亡國時其懷念金朝的心境起了共鳴之感。在為朋友「歲寒堂」題贈的〈歲寒堂〉詩中：

> 洞戶延清吹，庭除貯綠陰。不隨風月媚，肯受霜雪侵。潤入珠泉爽，聲傳玉帳深。主人留勝賞，同此歲寒心。[23]

「不隨風月媚，肯受霜雪侵」二句說明自己在國家動盪之際，不再假裝閒適，而心中如同遭遇霜雪侵害般的痛苦，「主人留勝賞，同此歲寒心」，更取《論語》子曰：「歲寒，然後知松柏之後彫也」[24]之意，表現出自己不因時局變化而改變為國為民的忠心。

在〈重陽旅中偶記二十年前二詩，因而有作〉一詩中吟詠：

> 舊日重陽厭旅裝，而今身世更悲涼。愁添白髮先春雪，淚著黃花助晚霜。客館病餘紅日短，家山信斷碧雲長。故人不恨村醪薄，乘興能來共一觴。[25]

此詩作於金天會七年（1129）五十一歲，金遣歸宋使，宇文虛中

23　（金）元好問：《中州集》，頁6。

24　（魏）何晏集解，（宋）邢昺疏：《論語正義》（臺北市：藝文印書館，2007年8月，《十三經注疏》本），頁81。

25　（金）元好問：《中州集》，頁6。

獨被留於金國，不得歸。[26]對於自己重陽歸鄉之日，羈留他方，
深感「身世更悲涼」。「愁添白髮先春雪，淚著黃花助晚霜」，以
「愁添」、「淚著」，「白髮」、「黃花」對仗的方式寫出深沉的悲傷。
「客館病餘紅日短，家山信斷碧雲長」二句寫出對家國的懷念，
「共一觴」一語雙關意指「共一傷」。本首詩和前述〈己丑重陽
在劍門梁山舖〉的人間隨處可居，不必一直待在家鄉躬耕的態度
對比，真是天壤之別。

　　朱弁的使金詩大多直寫胸中語，真摯不雕飾，他被金人留在
北方，不得還歸，亦有相關詩作，〈客夜〉：

　　　　城月四更上，窗風一室幽。纖雲縈雁塞，重霧逼貂裘。兵
　　　　革何年息，乾坤此夜愁。殊鄉兩行淚，騷屑灑清秋。[27]

更深露重，詩人難以成眠。為南北局勢、紛飛戰火憂心忡忡，有
學杜甫之感，又想到自己身困他鄉，只能流下兩行熱淚，抒發了
詩人憂國悲己之痛苦。

　　又〈炕寢三十韻〉：

　　　　風土南北殊，習尚非一躅。出疆雖仗節，入國暫同俗。淹
　　　　留歲再殘，朔雪滿崖谷。禦冬貂裘弊，一炕且跧伏。西山
　　　　石為薪，黝色驚射目。方熾絕可邇，將盡還自續。飛飛湧
　　　　玄雲，焰焰積紅玉。稍疑雷出地，又似風薄木。誰容鼠棲

---

26 據《金代文學家年譜》考證，頁13。
27 （金）元好問：《中州集》，頁522。

冰，信是龍銜燭。陽曦助喘息，未害搖空腹。惠氣生袴襦，仍工展拳足。豈惟脫膚鱗，兼復平體粟。負暄那用詫，執熱定思沃。收功在歲寒，較德比時燠。雖餘炙手焰，寧有爛額酷。刻當凝泫辰，炎帝獨回轂。玄冥真退聽，祝融端可錄。嗟予亦何者，萬里歌黃鵠。偃仰對窗扉，妍煖謝衾褥。壯懷羞竈媚，晚悟笑突曲。因思墮指人，暴露苦鞿痑。頻年未解甲，蹈此鋒刃毒。遙知革輅中，肝食安豆粥。陪臣將命來，意懇誠亦篤。有奇不能吐，何術止南牧。君心想更切，臣罪何由贖。此身雖自溫，此志轉煩促。論武貴止戈，天必從人欲。安得四海春，永作蒼生福。聊擬少陵翁，秋風賦茅屋。[28]

「炕」對其而言為北方艱困生活中的特殊物品，因南北生活習慣不同，詩人持節北方，也只得入鄉隨俗，在歲末風雪侵襲時點起火炕。盡力去寫實，尤其寫煤炭，南方沒有此物，他努力去寫，為了讓南方的讀者看得懂，然後寫燒炭以後，溫暖的情形，對起居行動都有影響，所以比較仔細，這種寫法，即使不是創體，也是很新的，而且，能寫賤物、寫新事物。詩人話鋒一轉：身體暖了，心中卻為國事煩悶，什麼時候能夠天下太平、萬民得福，他如杜甫一般，在國家局勢不平靜時，期盼國家安定溫暖的時刻。他也通過這些詩歌作品來傳播的中原文化，也以此勸說金人止戈修文，體現了戢兵止戈的願望，如〈冬雨〉：「端能洗兵甲，足慰此時心」、〈謝崔致君餉天花〉：「偃戈息民未有術，雖復加餐抵

---

28 （金）元好問：《中州集》，頁517。

增愧」及上引之:「論武貴止戈,天必從人欲。安得四海春,
永作蒼生福。聊擬少陵翁,秋風賦茅屋」等。

(二)羈留北方,使節任務尚未得償

　　宇文虛中在〈上烏林天使三首〉中寫出被留金,不得完成使
命[29]而懷土的悲情,第一首:

> 平生隨牒浪推移,只為生民不為私。萬里翠輿猶遠播,一
> 身幽圄敢終辭。魯人除館西河外,漢使驅羊北海湄。不是
> 故人高議切,肯來軍府問鍾儀[30]。[31]

題目〈上烏林天使三首〉參考《建炎以來繫年要錄》〈紹興二年
八月〉條「都點檢烏凌阿思謀」[32]事,烏林應即烏凌。說明自己
前來出使,一切都是為生民百姓著想,卻被迫滯留金國不得歸,
「魯人除館西河外,漢使驅羊北海湄」,以魯人季孫意如[33]被拘

---

29 據《金代文學家年譜》引《宋人軼事彙編》考證,頁15。
30 春秋時楚人鍾儀為晉所囚,仍戴南冠。晉侯與之琴,仍演奏楚國一帶的音
　　樂。見《左傳》〈成公九年〉。後以喻即使在被俘與逼迫中,仍不忘本。
31 (金)元好問:《中州集》,頁8。
32 (宋)李心傳;胡坤點校:《建炎以來繫年要錄》(北京市:中華書局,2013
　　年12月),卷57,頁761。
33 《左傳》〈昭公十三年〉:「季孫猶在晉……叔魚見季孫,曰:『昔鮒也得罪於
　　晉君,自歸於魯君,微武子之賜,不至於今。雖獲歸骨於晉,猶子則肉之,
　　敢不盡情?歸子而不歸,鮒也聞諸吏,將為子除館於西河,其若之何?』且
　　泣。平子懼,先歸。惠伯待禮。」春秋時期晉國扣留魯國的大臣季孫平子,
　　安置在西河地方的賓館裡。(周)左丘明撰,(晉)杜預注:《春秋左傳正義》
　　(臺北市:藝文印書館,2007年8月,《十三經注疏》本),頁814。

於西河館，漢代蘇武出使被匈奴羈押在北海來形容自己的處境。
「不是故人高議切，肯來軍府問鍾儀」、「高議」即和議，加上用
楚囚南冠之典故，表達自己仍懷土思歸，心中對宋之忠誠不減。
第二首作品：

> 拭玉轅門吐寸誠，敢將緩頰沮天兵。雷霆儻肯矜彤弊，草
> 介何須計死生。定鼎未應周命改，登壇合許趙人平。知君
> 妙有經邦策，存取威懷萬世名。[34]

「拭玉」二字說明自己奉命出使，到達金朝的「轅門」對領兵將
帥訴說自己的心意，希望能夠「緩頰」兩國爭端，以此「沮天
兵」阻止金軍南下，雖然從天兵、雷霆、草介、定鼎、威懷等字
來看，卑躬屈膝極矣。還是希望能與金朝會盟成功，也能獻策使
金國停戰，造福生民。

第三首：

> 當時初結兩朝歡，曾見軍前捧血槃。本為萬年依蔭厚，那
> 知一日遽盟寒。羊牽已作俘囚獻，魚漏終期網罟寬。幸有
> 故人知底蘊，下臣獲考敢謀安。[35]

第三首更說明宋、金兩國當初是立誓同盟攻遼，為了萬世生民著
想，希望故人網開一面，以此謀得二國的安定。三首作品可以看
出宇文虛中奉命出使，全心謀求金國不要攻宋的努力。

---

34 （金）元好問：《中州集》，頁8。
35 （金）元好問：《中州集》，頁8。

〈己酉歲書懷〉亦有相同內涵：

> 去國匆匆遂隔年，公私無益兩茫然。當時議論不能固，今
> 日窮愁何足憐。生死已從前世定，是非留與後人傳。孤臣
> 不為沈湘恨，悵望三韓別有天。[36]

己酉為建炎三年（1129），表現出使北朝不得回歸的心情，繫念
宋朝，「公私無益兩茫然」，體現出強烈的無奈，表現出雖不會如
同屈原抱石投江以保節操，但會用另一種方式來忠君愛國，隱忍
是期待完成接二帝回宋的任務，因「三韓」固定指韓國，當時的
高麗，當時徽欽二帝被羈於韓州（今遼寧昌圖），有可能隱晦其
詞，取「韓」字相同來寓意。另外有〈過居庸關〉寫顛沛流離的
遺臣情感：

> 奔峭從天坏，懸流赴壑清。路回穿石細，崖裂與藤爭。花
> 已從南發，人今又北行。節旄都落盡，奔走愧平生。[37]

這首詩完成於往陪京西京雲中的路上，前四句寫自然景色，後四
句感慨在經歷一切艱辛及苦難之後，雖然死中逃生，奔走出使，
卻辜負朝廷無法完成使命。

　　朱弁則是在紹興年間金人派遣同為使臣的宇文虛中告知，
同意能遣一人回宋商議和議相關事宜，朱弁將機會讓給正使王
倫。向其要求把使節印信交給自己，代表至死不變的使節身分，

36　（金）元好問：《中州集》，頁7。

37　（金）元好問：《中州集》，頁7-8。

但壯志未酬之感、羈留北方的哀傷從詩作中明顯表露出來。如〈元夕有感〉：

> 朔雪餘千里，東風徧九州。關河中土異，燈火上元愁。綠蟻嘗新釀，青貂戀故裘。紫姑無用卜，世事正悠悠。[38]

〈夜雨枕上〉：

> 淅淅風聲止，淒淒雨氣涼。愁工縈客思，夢故繞江鄉。書疏親朋少，干戈歲月長。平城弭節地，可復見秋霜。[39]

〈客懷〉：

> 兵氣常時見，客懷何日開。形骸病自瘦，鬢髮老相催。已負秦庭哭，終期漢節回。風雷識意我，一雨洗氛埃。[40]

詩人困守金廷，常年目睹兵事戰火，親朋好友的音信稀少。多年流落使得他身形消瘦，鬢髮斑白。但其始終期待著完成任務，能有持節還朝的時刻，也希望南宋可以奮起，用一場風雨洗去自己多年的愁思和苦痛。又〈歲序〉：

> 歲序忽將晏，節旄嗟未還。低雲慘眾木，寒雨失群山。喪

---

38 （金）元好問：《中州集》，頁516。
39 （金）元好問：《中州集》，頁517。
40 （金）元好問：《中州集》，頁518。

亂關詩思，謳謠發病顏。夢魂識舊隱，時到碧溪灣。[41]

在長期戰亂中羈留北方，自身使節的任務遲遲未完成，詩人只能夢迴故鄉，深深思念。而〈有感〉中對於國君的想念，對於自己的使命，不自覺哽咽在胸：

容貌與年改，鬢毛隨意斑。鴈邊雲度塞，鳥外日銜山。仗節功奚在，捐軀志未閑。不知垂老眼，何日覩龍顏。[42]

在北方見到月亮想到故國，想到國君的託付，歲月流逝，詩人容顏衰老，鬢髮斑白，看著雁鳥、浮雲、太陽都能飛度邊塞，而詩人卻身困一處無法離開。雖然距離完成任務遙遙無期，但詩人從沒有一刻忘記過自己為國捐軀的壯志，仍期盼著自己回宋面聖的那一天。

而〈予以年事漸高，氣海不能熟生煖冷，旅中又無藥物，遂用火攻之策，灼艾凡二百壯，吟呻之際得詩二十韻〉一詩將北方生活清苦，有病無醫藥的辛苦描寫出來：

不作漳濱臥，年侵血氣衰。據鞍思少壯，攬鏡嘆清羸。病方求艾，無營莫問蓍。心知出下策，理勝遇中醫。陽燧神逾速，銅仙術盡施。論功鄙炮製，取穴辨毫釐。火帝恩光異，炎官績用奇。書螢比差似，珠蟻迫方知。忖物嗟炮

鰲，觀形笑灼龜。煙微初炙手，氣烈漸鑽皮。閉目書徒
展，支頭枕屢移。發狂還自哂，賈勇僅能支。宋鵲追風
日，吳牛喘月時。忠言勞緩頰，善謔為開眉。服氣工夫
遠，燒丹歲月遲。衛生防後患，伐性釋前疑。展轉那成
夢，呻吟且當詩。因心念民瘼，出位嘆身卑。欲巳七年
病，當從百世師。保身將保國，未可廢箴規。[43]

首句說「不作漳濱臥，年侵血氣衰」，自己沒病，只是年紀大
了，血氣衰了，才有下腹之疾，就用艾灸氣海穴之法。下腹之疾
是什麼情況，就是題目所說的「氣海不能熟生煖冷」這句，氣海
是氣海穴，穴在臍下一寸，在此指腹部；熟生，是把生的東西變
熟；煖冷，是把冷性的食物變煖，用現在的話來說，就是胃脹不
能消化，害怕生冷，也可能有下痢的病狀，依唐孫思邈《備急千
金要方》：「脹滿瘕聚滯下疼冷，灸氣海百壯。」[44]這次朱弁不止
被艾灸一百壯，又加倍成二百壯，所以寫了這首詩紀念。燒艾炙
穴，因為會熱，數量又那麼多，時間一定很長，很不舒服。

中間一大段來形容「書螢比差似，珠蟻迫方知。」說火頭多
到像螢聚蟻堆。「忖物嗟炮鰲，觀形笑灼龜。」自嘲自己被是被
炮製的鰲，被鑽灼的龜。「煙微初炙手，氣烈漸鑽皮。」是說開
始的時候只有一點熱，漸漸熱氣進入皮下。「閉目書徒展，支頭
枕屢移。」因為痛苦，眼睛都閉了，不能看書，書攤開也沒用；
枕頭睡不住了，姿勢移了又移，減小不了痛苦。「發狂還自哂，

---

43 （金）元好問：《中州集》，頁516。

44 （唐）孫思邈著；李景榮等校釋：《備急千金要方校釋》（北京市：人民衛生
出版社，1997年12月），卷15下，頁543。

賈勇僅能支。」痛到快要瘋了，還要賈其殘勇去忍耐。「宋鵩追風日，吳牛喘月時。」用兩個典故來形容自己就像宋鵩退飛、吳牛喘月。「忠言勞緩頰，善謔為開眉。」朋友家人在旁邊勸我忍耐，煩勞你們在旁邊緩頰了；也有人講笑話來逗我，讓我笑了出來。而〈謝崔致君餉天花〉：

> 三年北饌飽羶葷，佳蔬頗憶南州味。地菜方為九夏珍，天花忽從五臺至。崔侯胸中散千卷，金甌名相傳雲裔。愛山亦如謝康樂，得此攜歸豈容易。應憐使館久寂寥，分餉明明見深意。堆槃初見瑤草瘦，鳴齒稍覺瓊枝脆。樹雞濕爛慚扣門，枲蛾青黃謾趨市。赤城菌子立萬釘，今日因君不知貴。乖龍耳僅兔一割，沙門業已通三世。偃戈息民未有術，雖復加飡祇增媿。雲山去此縱不遠，口腹何容更相累。報君此詩永為好，捧腹一笑萬事置。[45]

詩人寫自己在北方多年，懷念南方蔬菜，此時剛好有崔致君從五臺山上送他好吃的天花菜，朱弁道謝之餘，都還會說「雲山去此縱不遠，口腹何容更相累。」意思是五臺山離雲中並不算太遠，可是為了我的口腹享受麻煩你，真不敢當，不敢再次勞動你，贈詩回報友人，願意放下一切開懷一笑，滿滿都是朋友之情好，詩人難得在羈北艱困的時候可以暫時放下對對國家及人民的牽掛。

　　〈攄抱〉同樣充滿了無奈感：

45　（金）元好問：《中州集》，頁519。

> 客滯殊方久，山圍絕塞深。秋風入橫笛，夜月傍沾襟。造
> 膝他時語，捐軀此日心。飛霜滿明鏡，髮短不勝簪。[46]

詩人拘滯異鄉已久，孤絕的邊塞被重山深深包圍。秋風吹來笛
聲，和夜月一起喚起了詩人的故園之情。為國捐軀的抱負從未改
變，不明言愁，而怎奈一「愁」字了得。朱弁在出使期間亦有將
金朝內部情況通報南宋朝庭，如〈行狀〉載：

> 歲在丁巳，虜諸酋相繼死滅，公陰使從者李發求得河陽人
> 董考祥等，密疏其事及虜中虛實，使間行歸報。曰：「此
> 不可失之時也。」[47]

在金天會十五年（1137），金朝內部政爭激烈，如金朝將領完顏
宗翰在前一年抑鬱而卒。朱弁認為此時是進攻金朝的最好時機，
於是遣李發秘密地將此情報間行報宋。

（三）思鄉之情

思鄉是人類普遍共有的一種情感。黃昏時百鳥歸巢，遠在異
鄉的遊子，觸景生情，難免生發鄉思之愁。這些作品的闡述出客
居他鄉的遊子漂泊淒涼孤寂的心境以及對家鄉、親人的思念。宇
文虛中及朱弁由於是非自願的留在金朝，所以發出相同情感內涵
的作品。

---

46 （金）元好問：《中州集》，頁522。
47 （宋）朱熹著，陳俊民校編：《朱子文集》〈奉使直祕閣朱公行狀〉，卷98，
　　頁4795。

　　宇文虛中在高宗建炎二年（1128），五十歲時，應高宗詔命任職祈請使，卻被金人拘留於雲中，此後幽囚長達五年。其間在作品中表達濃濃的思鄉情感。如在〈中秋覓酒〉詩中，寫出中秋羈留於金國，不得歸鄉的心情：

　　　　今夜家家月，臨筵照綺樓。那知孤館客，獨抱故鄉愁。感
　　　　激時難遇，謳吟意未休。應分千斛酒，來洗百年憂。[48]

「應分千斛酒，來洗百年憂」，寫出在異國，只能用酒來洗去自己對於故國思念的深沉悲傷。在〈館中書事〉一詩也表達出對故鄉的思念：

　　　　雨來蒸鬱似江鄉，雨過西風特地涼。尚有庭花供客恨，可
　　　　無樽酒慰幽芳。[49]

在下雨時想起南方濕熱的故鄉，但下雨過後，涼爽西風把記憶吹散，對於不得歸鄉的詩人仍帶有無限恨事。
　　在〈烏夜啼〉一詩中也以琴曲〈烏夜啼〉寫出不得歸國的深沉痛苦：

　　　　汝琴莫作歸鳳鳴，汝曲莫裁白鶴怨。明珠破璧掛高城，上
　　　　有烏啼人不見。

48　（金）元好問：《中州集》，頁9。
49　（金）元好問：《中州集》，頁11。

堂中蠟炬紅生花，門前紺憶七香車。博山夜長香爐冷，悠
悠蕩子留倡家。

妾機尚餘數梭錦，織恨傳情還未忍。城烏為我盡情啼，知
道單棲淚盈枕。

請故鄉的家人勿再彈奏〈烏夜啼〉，因為自己無法歸去，「城烏為
我盡情啼，知道單棲淚盈枕。」寫出自己被羈留，如同被關在牢
獄之中。如張籍〈烏夜啼引〉：

烏啼啞啞，夜啼長安吏人家。吏人得罪囚在獄，傾家賣產
將自贖。少婦起聽夜啼烏，知是官家有赦書。下床心喜不
重寐，未明上堂賀舅姑。少婦語啼烏，汝啼慎勿虛。借汝
庭樹作高巢，年年不令傷爾雛。[50]

詩中所說少婦雖會善待啼烏，自己也不得歸去。宇文虛中一生多
奔走於宋金二國之間，在〈春日〉一詩中寫出南北景色的差異：

北垣春事休嗟晚，三月尚寒花信風。遙憶東吳此時節，滿
江鴨綠弄殘紅。[51]

垣是牆，北垣指北方城牆，擴大為首都城牆，雲中是金的西京，
號稱陪京，此詩即指雲中。「遙憶東吳」明憶江南，藉由景色的
差異，寫出因羈留北方而思念往日南方故國的情感。

---

50 （清）彭定求編：《全唐詩》，卷382，頁4289。
51 （金）元好問：《中州集》，頁6。

　　朱弁被拘北方十六年，心中對家鄉當然亦非常想念，如〈戰伐〉：

　　　戰伐何年定，悲愁是處同。黃雲縈晚塞，白露下秋空。魚
　　　躍深波月，烏啼落葉風。誰知渡江夢，一夜繞行宮。[52]

戰亂何年才能平息呢，兩地人民的悲哀愁苦都是相同的。秋天塞
外的傍晚漫天黃雲，滴滴白露。夜裡，月光照射深波，驚起潛
魚，風吹動落葉，驚起棲鴉。而詩人夢見君王，表達了濃烈的思
歸之情。

　　類似的也有〈十七夜對月〉：

　　　病骨怯風露，愁懷厭甲兵。人居絕域久，月向此宵明。輪
　　　仄初經漢，光分半隱城。遲遲不肯下，應識異鄉情。[53]

此首全學杜甫，杜甫有同題之作，此詩從題目到用字對仗、造句
取境，全部似杜。詩人體弱多病，畏懼寒風冷露，憂傷的心更厭
棄連綿戰火的摧殘。久困於遼遠的邊塞，月光明亮，即將天明遲
遲不肯墜落，應是慰藉詩人身在異鄉的思鄉之情吧。而在異地過
節，心境更顯憂鬱，而寒食節的以忠孝為核心的內涵以及由忠孝
延伸而來的誠信，更讓詩人寫詩抒發，〈寒食〉：

　　　絕域年華久，衰顏淚點新。每逢寒食節，頻夢故鄉春。草

52　（金）元好問：《中州集》，頁519。
53　（金）元好問：《中州集》，頁520。

綠唯供恨，花紅只笑人。南轅定何日，無地不風塵。[54]

深處極其邊遠之地已經很久了，詩人容顏衰老，每天臉上都出現新的淚痕。每到春日寒食，更加頻繁地夢回故鄉的春天。而現在面對的草綠花紅，只能讓詩人感到遺憾。究竟何日才能回到南宋呢，表現了詩人歸鄉的強烈願望。再一首〈寒食感懷次韻吳英叔〉：

疾風甚雨老難禁，嶺外無錫誰解吟。雙鬢客塵諳世變，兩眉鄉思儘愁侵。榆錢何處迎新火，杏粥頻年繫此心。落日高城魂易斷，天臨牛斗五湖深。[55]

「落日高城魂易斷」，謂黃昏登上高城遠望，不同於唐人登城望落日，他望的是東南。為什麼魂易斷呢？因為所想念的是家國。「天臨牛斗五湖深」，指皇帝在杭州。斗牛為吳越的星野，五湖，即太湖。正值寒食，老弱的身體承受不了疾風驟雨的天氣，身處南方的人無法理解詩人的痛苦。兩鬢沾滿塵世變遷的灰塵，眉頭也掛著思鄉的哀愁。自己人在異國，不能迎新火，做寒食。可看出詩人一直牽掛著南宋朝廷的一切。另外還有〈上巳〉：

行行春向暮，猶未見花枝。晦朔中原隔，風煙上巳疑。常令漢節在，莫作楚囚悲。早晚鸞旗發，吾歸敢恨遲。[56]

54　（金）元好問：《中州集》，頁521。
55　（金）元好問：《中州集》，頁523。
56　（金）元好問：《中州集》，頁521。

邊塞苦寒，春日將近而花未開。詩人常常把南宋符節放在身邊，提醒自己不要沉浸於困金的悲哀。早晚皇帝要出發親征，收復故土。

四　小結

　　南宋在金人這個強敵長期壓力於江南立國，不斷因應情勢而調整策略，以尋求發展，高宋剛即位使用退避求和、戰和並用結合民心來度過危機，所以派到金廷的士人都是極為優秀的知識分子。如宇文虛中宇朱弁二位羈北使臣，共同點都是用盡畢生的心力，力主和議，運用文學經典傳承與教育導引女真人與漢人的對立，對於北宋遺民在北方及流亡至南方的君民們，都有安邦定國的重大貢獻。二人的風範都足以讓當代黎民百姓與後人緬懷。

　　宇文虛中一生為國為民奔波辛勞，北宋亡國後出使留在金地，致力二國止戰及和平，多次阻止金國南侵，更將漢人所傳承的中原文化與文學帶入金朝中央，訂立典章制度，將中原文化與文學傳入金朝，建立相關基礎，具有典範意義。終被羅織舉兵反金罪名，處以謀反之罪。仍然不會被掩蓋他對於南宋得以偏安且對於金朝文學的貢獻，也使中原文化得不至於滅絕於北方故土，這是值得肯定的。

　　朱弁出使金朝，不接受北方政權的派命與任命，視死如歸，並與北方被劫士大夫多有相聚：

　　　一日具酒食，召雲中被劫士夫常所與往來者，飲半酣，語
　　　之曰：「吾已得近郊某寺之地，一旦畢命報國，諸公幸瘞

我其處，且識其上曰『有宋通問副使朱公之墓』，於我幸
矣。」眾皆淚緣睫，不能仰視，公獨談笑自若，曰：「此
臣子之常分，諸君何悲也。」[57]

知這些人應當就是已經失傳之《聘遊集》中記載的北方忠義之
事。朱弁所做《聘遊集》流傳甚廣，對於北方金人貴族對於北宋
文人與遺民有非常詳細的記載，並教授金人貴族子弟和平的重要
與利益，對於雙方交流與瞭解具有重要貢獻：

然公以使事未報，憂憤得目疾，其抑鬱愁歎，無憀不平之
氣，一於詩發之，歲久成集，號曰《聘游》，虜中名王貴
人，亦多遣其子弟就學，公以此又得時因文字往來，說以
和好之利，而碑版篇詠，流行北方者亦甚眾，得之者相誇
以為榮焉。[58]

後來朱弁得以與洪皓回歸南宋，獻書《聘遊集》：

公又以彼中所得六朝御容，及宣和御集書畫為獻，並上所
著《聘遊集》，且述北方所見聞，忠臣義士朱昭、史抗、
張忠輔、高景平、孫益、孫谷、五臺僧真寶、丁氏、晏氏
女、閻進、朱勣等死節事狀，及故官屬姓名以進，請加褒

57　（宋）朱熹著；陳俊民校編：《朱子文集》〈奉使直祕閣朱公行狀〉，卷98，頁
　　4795。

58　（宋）朱熹著；陳俊民校編：《朱子文集‧奉使直祕閣朱公行狀》，卷98，頁
　　4795。

錄以勸來者，太上高其節，壯其志，異其文，俾易文資，
且有進用意，詔曰：「朱某奉使歲久，忠義守節，理合優
異，特賜券金千緡。」而宰相秦檜方以講和為功，惡公言
敵情悟上意，奏以初補官，換右宣教郎、直祕閣，主管神
祐觀，有司校公考十有七年，應遷數官，檜又尼之，僅轉
奉議郎。明年四月六日，遂以疾，卒於臨安府白龜池之寓
舍，遺命歸葬故山，不果，則權厝西湖上智果院，忠義之
士莫不哀之。[59]

收集了北宋歷朝皇帝的畫像及宋徽宗的詩文集與親筆書畫，帶了
回來，又將北方抗金忠臣「朱昭、史抗、張忠輔、高景平、孫
益、孫谷、五臺僧真寶、丁氏、晏氏女、閻進、朱勣」事蹟記
錄，上報朝廷。卻因為秦檜覺得朱弁將影響和談，故多次阻礙其
官職任命，直至病故。而朱弁留下遺命欲歸葬故山，卻因當時情
勢，僅能殯殮於西湖智果院。直至朱熹得官，才在尤袤等人的幫
助下，低調安葬朱弁。

　　宇文虛中及朱弁均為國出使金朝，也因為歸降與否的不同選
擇，導致不同的結果。雖然中國自古以來有「兩國交戰，不斬來
使」說法，但金人並未完全遵守此國與國之間的禮儀原則，例如
吏部侍郎李若水出使，因為拒絕金人的勸降、怒斥金人不守信
義，甚至被金人斷舌挖目，最後不屈而亡。所以當時願意出使金
國的使者，不論最後的結果為何，都是需要忘生捨死的勇氣，子

59　（宋）朱熹著；陳俊民校編：《朱子文集・奉使直祕閣朱公行狀》，卷98，頁
　　4795。

曰：「行己有恥，使於四方，不辱君命，可謂士矣。」[60]宇文虛中與朱弁當為「士」的精英典範。

---

60 （宋）朱熹：《四書章句集注》（北京市：中華書局，1986年10月），頁146。

第九章
結論

　　〈敦煌李白〈古蜀道難〉、〈月下對影獨酌〉詩歌探微〉就敦煌所存〈古蜀道難〉、〈月下對影獨酌〉二詩與宋代流傳至今所編《全唐詩》版本中差異，探討其代表的深意。比較敦煌所出土李白〈古蜀道難〉與今本〈蜀道難〉之作，瞭解此作在唐代已有不同版本，分別作於李白未出仕為官之前，「見賀知章」時所獻版本，與「玄宗幸蜀」之後版本，因當時處境有所更改與變動。敦煌出土李白〈月下對影獨酌〉一詩，具有重要意義。證實與陶淵明〈形影神〉釋中的「影」字會通。更可以知道今本〈月下獨酌〉四首，不是李白同一時間的作品。敦煌文獻的出土，對於李白詩的瞭解，具有深院意義，除了珍貴史料補充外，對於版本的校正與詩歌的解讀更有具體幫助。

　　〈唐代宗佛經護國經世價值──「出世」與「入仕」的詩情轉化〉一文將分析唐代宗時期尊崇佛教，面臨吐蕃攻陷京城之時，為求穩定朝廷眾臣之心，選擇以看似消極的修寫及讚頌《仁王護國般若波羅蜜多經》宗教力量尋求國家度過危機，實際上是從朝廷發起的崇信佛教運動企圖安定內憂外患以說明宗教及文學具備的經世功用，當時朝野上下全都傾向於信仰佛教思想，進一步藉由修撰佛經及詩文傳播，是希望運用詩歌傳播宗教的力量安定身心。唐代從武則天開始重視佛教與唐朝皇室原本來道教制衡時，宗教就開始有了政治功用。歷代帝王更有邀請高僧儀軌安定

民心祈雨與避禍的作為。唐代宗時期以佛經退敵的事件,將佛經護國的價值推到最顯耀之處。大曆十才子在朝廷的主流勢力下受這股風氣的影響,將群體的創作力量發揮宗教對文學進一步對經世濟民的影響力,本文進一步探討文人們在「出世」與「入仕」之中的詩情轉化,如何以身心的轉換,面對與處理所面臨的內憂外患的危機。

〈蘇軾對陶淵明「影」的轉化──以烏臺詩案發生前詩作為例〉一文先就烏臺詩案發生前蘇軾詩歌之中「影」字的意義,探討早期蘇軾詩歌中如何會通陶淵明詩歌中表達自我期許的「影」字,進一步轉化為自身經世濟民期望的「影」字用語。也因為這樣對「影」的要求,使得蘇軾對於朝廷政治始終堅持著不放棄的熱情,縱使直言遭禍,依然一往無悔。

陶淵明〈形影神〉序言:「貴賤賢愚,莫不營營以惜生,斯甚惑焉!故極陳『形』、『影』之苦,言『神』辯自然以釋之,好事君子,共取其心焉。」序言中明言:「形」、「影」是苦的,只有體悟出追求精神自然的「神」才能解除,所解除的就是侷限於有限形體的「形」與對於自我立功立名的期許「影」所帶來的無邊痛苦,最終以精神上的自由「神」為歸處。蘇軾詩歌會通陶淵明〈形影神〉詩中「影」字的意義,轉化成自己立功立名的自我期許表現。主旨在會通蘇軾轉化陶淵明詩中「影」字的意義,可以進一步瞭解二人思想中共通的儒家入世情懷,也瞭解二人心靈層次不能「真隱」的經世濟民抱負。

〈蘇軾宋神宗元豐元年的節慶感懷〉以蘇軾元豐元年的節慶作品為文本,深入感受蘇軾在元豐二年烏臺詩案發生前的節慶感懷,以瞭解對於新法未因王安石罷相後停止施行,蘇軾心中的感

受。先由宋代黨爭元豐元年時蘇軾所處政治處境著手，論述變法的發起是宋神宗所主導。再分由「歸來誰主復誰賓」的寒食感懷、「月豈知我病」的中秋感懷與「明日黃花蝶也愁」的重陽感懷三部分論述。感受忠臣期望國君清明的寒食節情感。將月會通成國君的詩詞之中，對於月的多種情感，正代表著對於國君的多種想望。對於重陽節桓景帶領百姓對抗溫疫與自己帶領百姓對抗水患，起了千古共鳴，卻也感受到深深危機，這些作品都能讓我們深深感受到元豐元年蘇軾的節慶感傷。

〈君已思歸夢巴峽——蘇軾黃州時期詩詞中對於蜀地的思鄉情懷〉以蘇軾黃州時期詩詞中所表達的思蜀與思歸情懷為探討對象，蘇軾元豐五年回憶起兒時在蜀地所聽聞的歌曲〈洞仙歌〉，藉由「蘇軾對後蜀花蕊夫人」的回憶，探討黃州時期蘇軾詩文中顯現對蜀國的懷念，進一步瞭解蘇軾被貶謫黃州不得簽書公事時，所興起的思蜀情懷主題，探討蜀學的獨樹一格，在黃州時蘇軾對於蜀地起了怎樣的想念，怎樣的背景環境之下，可以創作〈洞仙歌〉這樣千古傳誦的詞作作品，期望提供創作者創作的脈絡與方法。

〈鄭俠《流民圖》事件與相關詩歌探微〉宋代黨爭激烈，無論變法的新黨成員或反對變法的舊黨成員，都認為自己是為國為民的正義一方，本文就鄭俠《流民圖》事件著眼，可以從另一個角度看黨爭的癥節所在，鄭俠是王安石所企重的人才，更使的鄭俠這一次的謊稱軍情緊急，冒死上諫值得重視。更由此事件觀察變法的實行或停止，已經不是任何人可以喊停的，縱使王安石罷相亦不能停止新法，所以鄭俠《流民圖》事件反而促使新法排除掉不激進的成員，進入更急功的境界。反觀新法之所以施行，是

宋神宗所主導的，目標是希望國富兵強，與百姓的現實安定是有暫時性衝突的。本文藉由史事與詩文瞭解此一問題所在，可以以更客觀的立場瞭解黨爭的議題。先釐清鄭俠《流民圖》事件的史實記載，瞭解此事件對於當時政局的影響，及宋神宗的處理態度，並輔以鄭俠本人及蘇軾、王安石的作品，以瞭解宋詩議論時事的文學表現，進一步理解這些議論朝政的文章對朝廷造成怎樣的衝擊，進而改變宋代的詩歌風格走向。

〈以「詩」為鏡鑑「人」與「史」──李若水忠愍詩情之更迭轉化探論〉一文探論《宋史》忠義傳中稱「南朝一人」李若水其人其詩，從「積極立志將身許國」到「辛勤奔皇京中亂事書寫」終至「期待經世濟民後歸隱山林的歸計茫然」間的忠愍情感更迭轉化。以「史」為鏡鑑「人」與「詩」，達到以「詩」為鏡鑑「人」與「史」。瞭解李若水身處靖康國家危難之時，所有的作為與其出仕時立志本心自我期許的差距與轉變，試圖找出士大夫如何以詩人明志抒發情感，在明知其不可為而為之的時代，學習杜甫「傳語風光共流轉，暫時相賞莫相違」的詩情，將自我期許與對國家的擔憂及功成身退的嚮往世界，書寫於詩歌之中，完成自我心靈的療癒，同時不負自己經世濟民的職責及提供後人借鑑。

〈使金文人從自責、羈留、到思鄉的忠義情感表現──宇文虛中與朱弁詩詞作品為例〉探討北宋末年使金文人的忠義情感表現，以二大使臣宇文虛中與朱弁共同的使臣背景與相關文學成果。宇文虛中為南北和談的核心人物，使金後被迫羈留多年後，臣服於金國，以其文才開創教導金人對於詩文治國的新觀念，最終卻被反對漢化的勢力所阻，被處以極刑。朱弁堅持節操不變，羈留北方所留存的詩歌，在北方的所見所聞將以記錄回宋後《上

朱昭等忠義奏疏》，成為《宋史忠義傳》中八位忠義之士的史源。
從朱弁詩歌更可以觀察出一位出使於北方的使臣「貧賤不能移，
威武不能屈」的志節，朱弁在國家危急之中，自請出使議和，在
雲中十六年的受金人壓迫，朱弁仍堅持不當貳臣，終究等到宋金
和談，完成使命得以歸宋。其間著書立說以教學金人子弟加以感
化，力求宋金和平的作法，是將學者「經世濟民」關懷情緒作最
高的應用了，以人觀詩，以詩觀史，典範長存。

參考文獻

一　傳統文獻

（周）左丘明撰　（晉）杜預注　《春秋左傳正義》　臺北市　藝文印書館　2007年8月　《十三經注疏》本

（周）莊周撰　錢穆纂箋　《莊子纂箋》　臺北市　東大圖書公司　2004年5月

（漢）毛亨傳　鄭玄箋　（唐）孔穎達疏　《毛詩正義》　臺北市　藝文印書館　2007年8月

（漢）班固撰　（唐）顏師古注　《漢書》　臺北市　國家圖書館出版社　2017年8月

（晉）陶潛著　龔斌校箋　《陶淵明集校箋》　上海市　上海古籍出版社　2009年4月

（晉）張華撰　范寧校證　《博物志校證》　北京市　中華書局　1980年1月

（梁）沈約　《新校本宋書附索引》　臺北市　鼎文書局　1998年7月

（南朝梁）劉勰撰　《文心雕龍》　臺北　世界書局　2009年9月

（南朝梁）蕭統編　（唐）李善注　《文選》　臺北市　華正書
　　局　2000年10月

（唐）三藏紗門大廣智不空譯　《仁王護國般若波羅蜜多經》
　　臺北市　財團法人臺北市松山慈祐宮　1979年3月

（唐）不空三藏譯　良賁法師疏　《佛光大藏經・般若藏・注疏
　　部・仁王經疏外一部》　佛光山宗務委員會印行　1997
　　年8月

（唐）李白撰　瞿蛻園等校注　《李白集校注》　臺北市　里仁
　　出版社　1981年3月

（唐）李延壽撰　《南史》　臺北市　鼎文書局　1985年3月

（唐）房玄齡撰　《晉書》　臺北市　鼎文書局　1987年1月

（唐）孫思邈著　李景榮等校釋　《備急千金要方校釋》　北京
　　市　人民衛生出版社　1997年12月

（唐）釋皎然　李壯鷹校注　《詩式校注》　濟南市　齊魯書社
　　出版發行　1987年

（宋）朱弁　《曲洧舊聞》　北京市　中華書局　2002年8月

（宋）朱弁　《風月堂詩話》　臺北市　臺灣商務印書館　1983
　　年8月　收入《文淵閣四庫全書》本

（宋）朱熹　《四書章句集注》　北京市　中華書局　1986年10月

（宋）朱熹著　陳俊民校編　《朱子文集》　臺北市　德富文教
　　基金會　2000年

（宋）司馬光　（清）何焯撰　蔣維鈞編　《資治通鑑》　北京
　　市　中華書局　2006年6月

（宋）宋祁　《新唐書》　北京市　中華書局　1975年

（宋）李若水　《忠愍集》　臺北市　臺灣商務印書館　1983年
　　收於《景印文淵閣四庫全書》1124冊

（宋）李燾　《續資治通鑑長編》　北京市　中華書局　2004年
　　9月

（宋）汪藻著　王智勇箋注　《靖康要錄箋注》　成都市　四川
　　大學出版社　2008年

（宋）周密撰　《齊東野語》　臺北市　廣文書局　2012年1月

（宋）周必大　《文忠集》　臺北市　臺灣商務印書館　1983年
　　8月　收入《文淵閣四庫全書》本

（宋）胡仔撰　《苕溪漁隱叢話前集》　臺北市　世界書局
　　2009年2月

（宋）洪皓　《鄱陽集》　臺北市　臺灣商務印書館　1983年8
　　月　收入《文淵閣四庫全書》本

（宋）洪邁　《全宋筆記·容齋三筆》　鄭州市　上海大學古籍
　　整理研究所編　大象出版社　2012年1月

（宋）徐夢莘　《三朝北盟會編》　上海市　上海古籍出版社
　　2008年

（宋）郭茂倩輯　《樂府詩集》　臺北市　臺灣商務印書館
　　1979年11月　收入《四部叢刊正編》本

（宋）陸九淵　《象山全集》　臺北市　世界書局　1959年9月

（宋）黃庭堅　《黃山谷詩集》　臺北市　中華書局　1966年3月

（宋）碻庵；耐庵編　《靖康稗史箋證》　北京市　中華書局　2010年

（宋）鄭俠　《西塘集》　臺北　臺灣商務印書館　1983年　收錄《景印文淵閣四庫全書》第1117冊

（宋）蘇軾　《蘇文忠公詩編註集成》　臺北市　臺灣學生書局　1967年5月

（宋）蘇軾撰　龍榆生校箋　《東坡樂府箋》　臺北市　華正書局　1974年6月

（宋）蘇軾撰　（明）茅維編　孔凡禮點校　《蘇軾文集》　北京市　中華書局　1986年3月

（宋）蘇軾撰　（清）馮應榴輯注　《蘇軾詩集合注》　上海市　上海古籍出版社　2001年6月

（金）元好問　《中州集》　上海市　中華書局上海編輯所　1959年4月

（金）趙秉文　《閑閑老人滏水文集》　臺北市　臺灣商務印書館　1965年

（元）脫脫等著　《金史》　北京市　中華書局　1975年7月

（元）脫脫等著　《宋史》　北京市　中華書局　1977年11月

（元）脫脫等撰 《宋史》 北京市 中華書局 1985年6月

（明）王世貞著 羅仲鼎校注 《藝苑卮言》 濟南市 齊魯書
　　　社 1992年

（明）蘭陵笑笑生撰 《金瓶梅詞話》 臺北市 里仁書局
　　　2010年3月

（清）丁傳靖 《宋人軼事彙編》 北京市 中華書局 1981年
　　　9月

（清）王全等編 《全唐詩》 北京市 中華書局 1960年4月

（清）全祖望 《鮚埼亭集》 上海市 上海古籍出版社 2010
　　　年12月 收入《清代詩文集彙編》

（清）畢沅 《續資治通鑑》 臺北市 世界書局 1962年

（清）翁方綱 《石洲詩話》 上海市 上海古籍出版社 1983年

（清）莊仲方編 《金文雅》 長春市 吉林人民出版社 1998
　　　年10月 收錄於任繼愈主編 《中華傳世文選・遼文存
　　　金文雅元文類》

（清）彭定求編 《全唐詩》 北京市 中華書局 1960年4月

（清）曹寅；彭定求等 《全唐詩》 北京市 中華書局 1999年

（清）陳夢雷輯 《欽定古今圖書集成》 上海市 中華書局
　　　1934年

（清）董誥等編 《全唐文》 北京市 中華書局 1982年8月

二　今人論著

（一）專書

王慶生　《金代文學家年譜》　南京市　鳳凰出版社　2005年

王國巍　《敦煌及海外文獻中的李白研究》　成都市　巴蜀書社
　　　　2010年7月

四川大學中文系唐宋文學研究室編　《蘇軾資料彙編》　北京市
　　　　中華書局　2004年1月

林宜陵　《北宋詩歌論政研究》　臺北市　文津出版社　2003年
　　　　3月

林宜陵　《采石月下聞謫仙・宋代詩人郭功甫》　臺北市　秀威
　　　　資訊科技公司　2006年6月

林宜陵　《金末遺臣李俊民與楊宏道詩學考察》　臺北市　萬卷
　　　　樓圖書公司　2011年8月

胡傳志　《金代詩論輯存校注》　北京市　人民出版社　2017年
　　　　12月

唐珪章編纂　王仲聞參訂　孔凡禮補輯　《全宋詞》　北京市
　　　　中華書局　1999年1月

徐祥老師口述　陳令允、吳素霞抄錄　吳素霞整理　《朱弁──
　　　　林吳素霞南管戲傳本》　臺中市　文化部文化資產局
　　　　2016年5月

陳寅恪撰　《陳寅恪先生論文集》　臺北市　九思出版社　1977年6月

黃永武　《敦煌的唐詩》　臺北市　洪範書店　1987年5月

曾棗莊等編　《全宋文》　上海市　上海辭書出版社　2006年8月

傅璇琮　《全宋詩》　北京市　北京大學出版社　1983年

歐麗娟；鄭文惠等撰　《歷代詩選注》　臺北市　里仁書局　1998年10月

蔣　寅　《大曆詩人研究》　北京市　中華書局　1995年8月

閻鳳梧；康金聲主編　《全遼金詩》　太原市　山西古籍出版社　1999年

薛瑞兆；郭明志編纂　《全金詩》　天津市　南開大學出版社　1995年

錢　穆　《莊子纂箋》　臺北　東大圖書公司　2004年5月

蕭麗華　《唐代詩歌與禪學》　臺北市　三民書局　1997年9月

蕭　馳　《中國思想與抒情傳統》　臺北市　聯經出版社　2012年7月

（二）學位論文

王威　《朱弁《曲洧舊聞》研究》　安徽師範碩士論文　2018年4月

林宜陵　《郭祥正青山集研究》　東吳大學中國文學系碩士論文　東吳大學中國文學系　1996年6月

金玉琦　《朱弁戲曲故事研究》　中央大學碩士論文　2011年6月

耿金鳳　《宇文虛中研究》　遼寧師範碩士論文　2014年4月

馬曉光　《金初漢族士人研究》　遼寧大學碩士論文　2012年5月

楊愛敏　《「仕金宋儒」之心態與創作》　河北大學碩士論文
　　　　2011年6月

劉存明　《北宋使北詩研究》　青海師範碩士論文　2016年4月

魏一駿　《《仁王經》歷次翻譯及其中古時期流傳的研究》　蘭
　　　　州大學中國史‧敦煌學碩士論文　2016年5月

聶風樓　《朱弁《曲洧舊聞》研究》　西北師範大學碩士論文
　　　　2018年6月

（三）期刊論文

王婧瑩　〈淺談從傳統梨園戲《朱弁》到《冷山記》的改編〉
　　　　《戲友》　2018年3月

方李珍　〈「南轅定何日，無地不風塵」──淺說梨園戲《朱
　　　　弁》〉　《福建藝術》　2010年第1期

白顯鵬的　〈論金朝初年「貳臣」文人詞〉　《民族文學研究》
　　　　2011年3期

李　靜　〈金初詞人群體的心理認同與詞的創作〉　《文學評
　　　　論》　2011年第1期

李海英；桂士輝　〈宋江三十六人受招安之地及時間考──析李

　　　　若水紀實詩《捕盜偶成》〉　《邯鄲職業技術學院學報》　第25卷第3期　2012年9月

李南南　〈〈聞卞氏〉詩的作者真偽辨析〉　《樂山師範學院學報》　第34卷第3期　2019年3月

狄寶心　〈宇文虛中詩中的人生價值取向及其死因索評〉　《民族文學研究》　第34卷第1期　2016年2月

邱昌員；魏曉殊　〈朱弁《曲洧舊聞》述論〉　《贛南師範學院學報》　2011年第2期

林宜陵　〈蘇軾「東府雨中別子由」〉　《臺北技術學院學報》　臺北技術學院　第30之2期　1997年9月

林宜陵　〈北宋詩話創作的政治功用——以最初三詩話為例〉　《輔仁大學國文學報》　輔仁大學中國文學系　2002年11月

林宜陵　〈蘇軾詩詞中之「欣然」意——以元豐八年為例〉　《東吳中文線上》　2008年3月

林任生　〈梨園戲《朱弁》〉　《梨園戲》　2010年第1期

林任生；王仁杰　〈冷山記（取材於梨園戲傳統劇目《朱弁》殘本）〉　《劇本》　2013年第2期

府建明　〈華嚴圓融思想與盛唐佛教氣象〉　《江西社會科學》　第9期2009年

周惠泉　〈宇文虛中及其文學成就略論〉　《社會科學研究》　1987年第3期

周惠泉　〈金代三文學家評傳〉　《山西師大學報》　第20卷第
　　　　2期　1993年4月

周惠泉　〈金代文風的開創者：宇文虛中及其詩歌創作〉　《古
　　　　典文學知識》　2005年第3期

周惠泉　〈宇文虛中新探〉　《文學評論》　2009年第5期

夏廣興　〈《仁王經》與唐代社會生活〉　《華東師範大學學報
　　　　（哲學社會科學版）》　第42卷第2期　2010年3月

許天相　〈繼承傳統揚長避短——梨園戲《朱弁》重排體會〉
　　　　《福建藝術》　2010年第1期

張惠民撰　〈從金源文論看蘇學北行〉　《樂山師範學院學報》
　　　　2007年4月

賈秀雲　〈宇文虛中事件與南宋社會的道德期許〉　《史學月
　　　　刊》　第6期2009年

趙鐵寒　〈朱弁和他的《曲洧舊聞》〉　《大陸雜誌》第8卷第12
　　　　期　1954年6月30日

漢　白　〈宋江投降與從征方臘史實考辨〉　《松遼學刊（社會
　　　　科學版）》　1985年1期

劉美琴　〈宇文虛中的悲劇情懷及其詩歌創作〉　《忻州師範學
　　　　院學報》　第19卷第1期　2003年6月

樸　月　〈讀歷史看自己的百姓請命的勇者鄭俠〉　《小作家月
　　　　刊》　第133期　2005年5月

蔡哲修　〈鄭俠進「流民圖」事考辨　鄭俠與熙寧政爭研究之一〉　《大陸雜誌》　第77卷第6期　1988年12月

鄭明寶　〈王雲靖康使金與「租稅贖三鎮」考述〉　《中華文史論叢》　2015年第3期　2015年9月

謝子丑　〈書生誓守漢家節──梨園戲《朱弁》中的愛國氣節〉　《福建藝術》　2010年第1期

文學研究叢書・古典文學叢刊 0803018

典型在夙昔——經世濟民情懷書寫

作　　者	林宜陵
責任編輯	官欣安
特約校稿	林秋芬

發 行 人	林慶彰
總 經 理	梁錦興
總 編 輯	張晏瑞
編 輯 所	萬卷樓圖書股份有限公司
	臺北市羅斯福路二段 41 號 6 樓之 3
	電話 (02)23216565
	傳真 (02)23218698

發　　行	萬卷樓圖書股份有限公司
	臺北市羅斯福路二段 41 號 6 樓之 3
	電話 (02)23216565
	傳真 (02)23218698
	電郵 SERVICE@WANJUAN.COM.TW
香港經銷	香港聯合書刊物流有限公司
	電話 (852)21502100
	傳真 (852)23560735

ISBN　　978-986-478-708-1

2022 年 7 月初版

定價：新臺幣 380 元

如何購買本書：

1. 劃撥購書，請透過以下郵政劃撥帳號：
　　帳號：15624015
　　戶名：萬卷樓圖書股份有限公司
2. 轉帳購書，請透過以下帳戶
　　合作金庫銀行 古亭分行
　　戶名：萬卷樓圖書股份有限公司
　　帳號：0877717092596
3. 網路購書，請透過萬卷樓網站
　　網址 WWW.WANJUAN.COM.TW

大量購書，請直接聯繫我們，將有專人為您服務。客服：(02)23216565 分機 610

如有缺頁、破損或裝訂錯誤，請寄回更換

國家圖書館出版品預行編目資料

典型在夙昔：經世濟民情懷書寫/林宜陵
著. -- 初版. --臺北市：萬卷樓圖書股份有
限公司, 2022.07
　　面；　公分. -- (文學研究叢書. 古典文
學叢刊 ;803018)
ISBN 978-986-478-708-1(平裝)
1. CST: 中國文學史　2.CST: 文學評論
820.9　　　　　　　　　　　　111011411